Goscinny Sempé

Les récrés du Petit Nicolas

プチ・ニコラの
休《やす》 時《じ》間《かん》

リーズ❷

／絵　ゴシニ／文

根元吉・一羽昌子／訳

世界文化社

Sommaire
もくじ

Sommaire
もくじ

Nicolas
ニコラ

Maman
ママ

《雨《あめ》がふって、人《ひと》がいっぱいいるときは、ぼくは家《いえ》にいるのが好《す》きだ。だってママが、おいしいおやつをいっぱい作《つく》ってくれるからね》

Papa
パパ

《ぼくが学校《がっこう》から帰《かえ》るより遅《おそ》く会社《かいしゃ》から帰《かえ》ってくるけど、パパには、宿題《しゅくだい》がないんだ》

Alceste

アルセスト

《ぼくの親友《しんゆう》で、いつもなにか食《た》べてるふとっちょなんだよ》

Clotaire

クロテール

《成績《せいせき》がクラスのビリ。先生《せんせい》に質問《しつもん》されると、いつも休《やす》み時間《じかん》がなくなっちゃうんだ》

Agnan

アニャン

《成績《せいせき》がクラスで一番《いちばん》で、先生《せんせお》のお気《き》に入《い》り。どうにも虫《むし》が好《す》かないやつなんだ》

Geoffroy

ジョフロワ

《大金《おおがね》もちのパパがいて、ほしいものはなんでも買《か》ってもらえる》

Rufus
リュフュス

《ホイッスルをもってるよ。パパはおまわりさんだ》

Eudes
ウード

《とても力《ちから》もちで、クラスメートの鼻《はな》の頭《あたま》にパンチをくらわせるのが大好《だいす》きなんだ》

Joachim
ジョアキム

《ビー玉遊《だまあそ》びが大好《だいす》き。とっても上手《じょうず》で、ねらったら、パチン！　まず、はずさないね》

Marie-Edwige
マリ・エドウイッジ

《とてもかわいいから、大きくなったら、結《けっ》婚《こん》するつもりなんだ》

M. Blédurt
ブレデュールさん

《ぼくらのおとなりさんで、パパをからかうのが大好《だいす》きなんだ》

Mémé
メメ

《たくさんプレゼントをくれて、ぼくがなにか言《い》うたびに、大笑《おおわら》いするやさしいおばあちゃんだよ》

Le Bouillon
ブイヨン

《生徒指導《せいとしどう》の先生《せんせい》で、いつも「わたしの目《め》をよく見《み》なさい」と言《い》うから、このあだ名《な》がついた。ブイヨン・スープには油《あぶら》の目玉《めだま》が浮《う》かんでいる。それを考《かんが》えついたのは、上《じょう》級生《きゅうせい》たちなんだ》

La maîtresse
先生《せんせい》

《ぼくらがひどい悪《わる》ふざけをしなければ、先生《せんせい》はとてもやさしくて、とてもきれいなんだよ》

Alceste a été renvoyé

アルセスト退学事件《たいがくじけん》、
あるいは「こりない人《ひと》」

学校《がっこう》で、大事件《だいじけん》があった。アルセストが退学処分《たいがくしょぶん》になったんだ!
それは、午前《ごぜん》の二度目《どめ》の休《やす》み時間《じかん》の出来事《できごと》だった。
その休《やす》み時間《じかん》には、ぼくらはみんなでボールあてごっこで遊《あそ》んでいた。読者《どくしゃ》のみんなもこの遊《あそ》びを知《し》っていると思《おも》う。ボールをもってる人《ひと》がオニになり、オニはだれかクラスメートにボールをぶつける。するとぶつけられた子《こ》は泣《な》いて、こんどはその子《こ》がオニになる。

とてもおもしろい遊《あそ》びだよ。

遊《あそ》ばない人《ひと》が、三人《にん》いた。学校《がっこう》をお休《やす》みしたジョフロワ、休《やす》み時間《じかん》はいつも学課《がっか》の復習《ふくしゅう》をしているアニャン、そしてアルセストだ。アルセストは、午前中《ごぜんちゅう》の最後《さいご》のジャムつきパンを食《た》べていた。アルセストは、いつも一番大《いちばんおお》きなジャムつきパンを、午前《ごぜん》の二度目《どめ》の休《やす》み時間《じかん》のためにとっておくんだよ。この休《やす》み時間《じかん》は、ほかのより少《すこ》し長《なが》いからね。

そのときは、ウードがオニだったけど、じつはウードはめったにオニにならない。というのも、ウードはとても力《ちから》もちなので、ぼくらは、できるだけウードをオニにしないように気《き》をつける。なぜって、ウードがオニになると、ものすごく強《つよ》いボールを投《な》げるので、あたると痛《いた》いからなんだ。

ウードは、クロテールをねらった。クロテールは、両手《りょうて》で頭《あたま》をおさえ、地面《じめん》にふせた。ウードのボールは、クロテールの上《うえ》を通過《つうか》して、ドン！　とアルセストの背中《せなか》を直撃《ちょくげき》した。それでアルセストは、思《おも》わずパンをもつ手《て》をはなし、パンはジャムのほうを下《した》にして地面《じめん》に落《お》ちた。

これで、アルセストが怒《おこ》った。アルセストはまっ赤《か》になり、大声《おおごえ》でどなりはじめた。すると、ブイヨン（ぼくらの生徒指導《せいとしどう》の先生《せんせい》だが、これはあだ名《な》だ）が、なにごとがおこったのかと、かけつけてきた。ところが、足《あし》もとをよく見《み》ていなかったので、ブイヨンは落《お》ちていたパンを踏《ふ》みつけ、ズルッとすべり、あやうくひっくり返《かえ》りそうになった。びっくりしたのはブイヨンで、靴《くつ》がジャムだらけになっていた。

すごかったのはアルセストで、両腕《りょううで》をふりまわしながら、大声《おおごえ》でさけんだ。

「ちくしょうめ、こんちくしょうめ！　足《あし》もとに気《き》をつけたらどうなんだ？　ほんとに、まったく、じょうだんじゃないよ！」

アルセストは、かんかんに腹《はら》を立《た》てていた。言《い》っとくけど、食《た》べ物《もの》について、アルセストとふざけちゃいけないんだよ。とくに二度目《どめ》の休《やす》み時間《じかん》のジャムつきパンとなるとね。でも、ブイヨンも、おなじくらい腹《はら》を立《た》てていたんだ。

「わたしの目《め》をよく見《み》なさい」と、ブイヨンがアルセストに言《い》った。「きみは、いま、なんと言《い》ったのかね？」

「ちくしょうめ、こんちくしょうめ！　先生《せんせい》も、ぼくのジャムつきパンを踏《ふ》んづける権利《けんり》はない！と言《い》いました」と、アルセストが大《おお》きな声《こえ》で答《こた》えた。

するとブイヨンは、アルセストの腕《うで》をつかんで、引《ひ》っぱって行《い》った。ブイヨンの靴《くつ》の裏《うら》にジャムがべったりついていたせいで、ブイヨンが歩《ある》くたびに、靴《くつ》がクチャクチャと音《おと》を立《た》てた。

それから、ムシャビエール先生《せんせい》が、休《やす》み時間《じかん》の終《お》わりの鐘《かね》を鳴《な》らした。ムシャビエール先生《せんせい》は、あたらしい生徒指導《せいとしどう》の先生《せんせい》で、ぼくらはまだおもしろいあだ名《な》をつけるひまがないんだ。ぼくらが教室《きょうしつ》にもどっても、アルセストはもどらないままだった。先生《せんせい》は、びっくりしていた。

「アルセストは、どうしたの？」と、先生《せんせい》がきいた。

ぼくらが口《くち》をそろえて、先生《せんせい》に答《こた》えようとしたとき、教室《きょうしつ》のドアが開《ひら》き、校長先生《こうちょうせんせい》がアルセストとブイヨンといっしょに入《はい》ってきた。

「起立《きりつ》！」と、先生《せんせい》が言《い》った。

「着席《ちゃくせき》！」と、校長先生《こうちょうせんせい》が言《い》った。

校長先生《こうちょうせんせい》はむずかしい顔《かお》をしていた。

ブイヨンは、もっとむずかしい顔《かお》をしていた。アルセストは、大《おお》きな顔《かお》を涙《なみだ》でくしゃくしゃにし、鼻《はな》をすすっていた。

「みなさん」と、校長先生《こうちょうせんせい》が言《い》った。「みなさんのクラスメートがブイ……いや、デュボン先生《せんせい》にたいして、このうえもなく無礼《ぶれい》な態度《たいど》をとりました。わたしは、目上《めうえ》の先生《せんせい》にたいして尊敬《そんけい》の心《こころ》を欠《か》く言動《げんどう》には、いかなる言《い》いわけも認《みと》めません。したがって、みなさんのクラスメートは、退学処分《たいがくしょぶん》とします。ええ、そうですとも！　かれは自分《じぶん》のおこないが、ご両親《りょうしん》にどれほど大《おお》きな苦《くる》しみをあたえることになるか、考《かんが》えもしなかったのです。そして、もし将来《しょうらい》においても、おこないを改《あらた》めなければ、かれは刑務所《けいむしょ》に入《はい》ることになるでしょう。これこそ無知無学《むちむがく》な人間《にんげん》のさけられない運命《うんめい》なのです。今回《こんかい》の出来事《できごと》が、みなさんぜんいんの良《よ》き戒《いまし》めとなることを願《ねが》います！」

そして、校長先生《こうちょうせんせい》は、アルセストに自分《じぶん》のもち物《もの》をまとめるようにと言《い》った。アルセストは、泣《な》きながら言《い》われたとおりにし、校長先生《こうちょうせんせい》とブイヨンといっしょに教室《きょうしつ》から出《で》て行《い》った。

ぼくらはみんな、とてもショックを受《う》けた。先生《せんせい》も、悲《かな》しそうだった。

「なんとか、とりなしてみましょうね」と、先生《せんせい》はぼくらに約束《やくそく》した。

やっぱり、ぼくらの先生《せんせい》は、すばらしい先生《せんせい》だ！

ぼくらが校門《こうもん》を出《で》ると、アルセストは、チョコレート・プチパンを食《た》べながら、通《とお》りの角《かど》でぼくらを待《ま》っていた。そばに行《い》ってみると、アルセストはすっかりしょげ返《かえ》っていた。

「きみ、まだ家《いえ》に帰《かえ》らなかったの？」と、ぼくがきいた。

「決《き》まってるだろ」と、アルセストが答《こた》えた。「でも、そろそろ帰《かえ》らなくちゃ。お昼《ひる》ご飯《はん》の時間《じかん》だからね。きょうのことをパパとママに話《はな》したら、かけてもいいけど、ぼくはデザートをとり上《あ》げられるだろうな。ああ！　ほんとに、きょうは、なんというひどい日《ひ》なんだろう……」

そして、アルセストは、ゆっくりプチパンをかみながら、足《あし》を引《ひ》きずるようにして、家《いえ》に帰《かえ》って行《い》った。アルセストは、なにかむりやり食《た》べているような感《かん》じがした。かわいそうなアルセスト！　ぼくらもアルセストのことが、ほんとうに心配《しんぱい》だった。

そして、午後《ごご》、しぶい顔《かお》をしたアルセストのママが、アルセストの手《て》を引《ひ》いて、学校《がっこう》にやってくるのが見《み》えた。ふたりが校長室《こうちょうしつ》に入《はい》ると、ブイヨンもやってきて、校長室《こうちょうしつ》に入《はい》った。

しばらくして、ぼくらが授業《じゅぎょう》を受《う》けていると、校長先生《こうちょうせんせい》がアルセストをつれて、教室《きょうしつ》に入《はい》ってきた。アルセストはすごくニコニコしていた。

「起立《きりつ》！」と、先生《せんせい》。

「着席《ちゃくせき》！」と、校長先生《こうちょうせんせい》。

それから、校長先生《こうちょうせんせい》は、もう一度《いちど》アルセストにチャンスをあたえることに決《き》めたと言《い》った。自分《じぶん》たちの子どもが、無知無学《むちむがく》な人間《にんげん》になり、けっきょく刑務所《けいむしょ》行きになるかもしれないと心《しん》

配《ぱい》して、とても悲《かな》しんでおられるご両親《りょうしん》のことを考《かんが》え、退学《たいがく》を取《と》り消《け》したのだと説明《せつめい》した。

「きみたちのクラスメートは、デュボン先生《せんせい》におわびをし、デュボン先生《せんせい》もそれをこころよく受《う》け入《い》れました」と、校長先生《こうちょうせんせい》が言《い》った。「きみたちのクラスメートが、デュボン先《せん》生《せい》のこの広《ひろ》いお心《こころ》にむくいることができるように、そしてまた、今回《こんかい》の出来事《できごと》が大《おお》いなる教訓《きょうくん》となり、かれがしょうらい、そのおこないによって、きょう自分《じぶん》がおかした重大《じゅうだい》なあやまちをつぐなうことができるように、切《せつ》に願《ねが》います。わかったね？」

「うん」と言《い》いかけたアルセストは、「はい」と答《こた》え直《なお》した。

校長先生《こうちょうせんせい》は、アルセストをジロッとにらみ、口《くち》をあけ、ため息《いき》をひとつついて、教室《きょうしつ》を出《で》て行《い》った。ぼくらは、とてもうれしかったので、みんないっせいに話《はな》しはじめた。すると、先生《せんせい》が長定規《ながじょうぎ》で教卓《きょうたく》をたたきながら言《い》った。

「みなさん、席《せき》につきなさい。アルセスト、自分《じぶん》の席《せき》にもどりなさい。そして、いい子《こ》にしていなさい。では、クロテール、黒板《こくばん》の前《まえ》にきなさい」

休《やす》み時間《じかん》の鐘《かね》が鳴《な》ったとき、ぼくらはみんな校庭《こうてい》に出《で》たけど、質問《しつもん》されるたびに罰《ばつ》を受《う》けるクロテールは、教室《きょうしつ》に残《のこ》った。

校庭《こうてい》で、チーズサンドイッチを食《た》べているアルセストに、校長室《こうちょうしつ》でどんなことがあったのかを、ぼくらはきこうとした。するとちょうどそのとき、ブイヨンがやってきた。

「さあさあ、きみたち」と、ブイヨンが言《い》った。「きみたちのクラスメートを、そっとしておいてあげなさい。今朝《けさ》の事件《じけん》はもう終《お》わったんだ。さあさあ！　あちらで、遊《あそ》びなさい！」

そう言《い》いながら、ブイヨンは、メクサンの腕《うで》を引《ひ》っぱったんだ。するとメクサンが、アルセストにぶつかり、チーズサンドイッチが地面《じめん》に落《お》ちた。

アルセストは顔《かお》をまっ赤《か》にして、ブイヨンをにらみつけ、両腕《りょううで》をふりまわしながら、大《おお》声《ごえ》でさけんだ。

「ちくしょうめ、こんちくしょうめ！　信《しん》じられないよ！　先生《せんせい》、またはじめるの？　ほんとに、まったく、冗談《じょうだん》じゃないよ、先生《せんせい》もこりない人《ひと》だなあ！」

Le nez de tonton Eugéne
ウジェーヌおじさんの鼻《はな》

きょう、お昼《ひる》ご飯《はん》のあと、パパがぼくを学校《がっこう》におくってくれた。ぼくは、パパといっしょに登校《とうこう》するのが大好《だいす》きだ。なぜかというと、なにか買《か》うようにと、ときどきパパがお小《こ》づかいをくれるからね。きょうも、思《おも》っていたとおりになった。おもちゃ屋《や》さんの前《まえ》を通《とお》りかかったとき、ぼくはショーウィンドウの中《なか》に、ボール紙《がみ》でできたつけ鼻《ばな》を見《み》つけた。これを顔《かお》につけたら、クラスメートたちが大笑《おおわら》いするよ。

「パパ」と、ぼくが言《い》った。「あの鼻《はな》を買《か》って!」

パパは、だめだよ。おまえに鼻《はな》など必要《ひつよう》ない、と言《い》った。

ぼくは、大《おお》きなまっ赤《か》な鼻《はな》を指《ゆび》さして、

「ねえ! いいでしょ、パパ! あの鼻《はな》を買《か》ってよ。ウジェーヌおじさんの鼻《はな》にそっくりだよ!」と、ねばった。

ウジェーヌおじさんは、パパの弟《おとうと》で、ふとっていて、冗談《じょうだん》が大好《だいす》きで、いつも笑《わら》っているんだ。ウジェーヌおじさんには、めったに会《あ》えない。いろんな品物《しなもの》を売《う》るために、リヨンとか、クレルモン・フェランとか、サン=テチエンヌとか、とても遠《とお》いところを旅行《りょこう》しているからだ。パパは笑《わら》いはじめた。

「ほんとうだね」と、パパが言《い》った。「ウジェーヌの鼻《はな》よりすこし小《ちい》さいが、そっくりだ。このつぎ、あいつが家《いえ》に来《く》るときに、パパがあの鼻《はな》をつけてやろう」

そして、ぼくらはお店《みせ》に入《はい》り、そのボール紙《がみ》の鼻《はな》を買《か》って、まずぼくが顔《かお》につけた。ゴムひもを頭《あたま》にかけて、つけるんだ。つぎに、パパが鼻《はな》をつけ、それから売《う》り場《ば》のおばさんも鼻《はな》をつけた。鏡《かがみ》にうつっている顔《かお》を見《み》くらべて、三人《にん》で大笑《おおわら》いした。読者《どくしゃ》のみんながどんなふうに言《い》おうとかまわないけど、ぼくのパパは、すばらしいパパなんだよ。

校門《こうもん》のところで別《わか》れるとき、パパがぼくに念《ねん》をおした。

「きょうは、とくべついい子《こ》にするんだよ。ウジェーヌの鼻《はな》で騒《さわ》ぎをおこさないようにね」

もちろん、ぼくは約束《やくそく》して、学校《がっこう》の中《なか》に入《はい》った。校庭《こうてい》にクラスメートたちがいたので、みんなに見《み》せてやろうと、ぼくが鼻《はな》をつけたら、みんなはどっと笑《わら》った。

「クレールおばさんの鼻《はな》みたいだ」と、メクサンが言《い》った。

「ちがうよ」と、ぼくが言《い》い返《かえ》した。「これは、ウジェーヌおじさんの鼻《はな》だよ。おじさんは探検家《たんけんか》なんだ」

「その鼻《はな》、かしてくれないか?」と、ウードがぼくにきいた。

「いやだね」とぼくが答《こた》えた。「もし、鼻《はな》がほしいなら、きみもパパに言《い》って、ひとつ買《か》ってもらえばいいだろう!」

「かさないなら、きみの鼻《はな》にパンチを一発《いっぱつ》おみまいするぜ!」と、ウードが言《い》ったかと思《おも》うと、ビシッ! とても力《ちから》もちのウードのパンチが、ウジェーヌおじさんの鼻《はな》の上《うえ》でさくれつした。

このパンチは痛《いた》くなかったけど、ウジェーヌおじさんの鼻《はな》をつぶされるとまずいので、ぼくはつけ鼻《ばな》をポケットにしまい、すかさずウードにキックを入《い》れた。みんなが見《み》ている前《まえ》で、ぼくとウードがけんかしていると、ブイヨンがかけつけてきた。ブイヨンは、生徒《せいと》指導《しどう》の先生《せんせい》なんだけど、いつか、読者《どくしゃ》のみんなにも、なぜこんなあだ名《な》がついているのか、教《おし》えてあげるね。

「それで」と、ブイヨンがきいた。「いったい、なにごとかな?」

「ウードがやりました」と、ぼくは言《い》った。「ウードがぼくの鼻《はな》をなぐって、ぼくの鼻《はな》をつぶしたんです！」

ブイヨンは、目《め》を大《おお》きく開《ひら》き、ぼくの鼻《はな》の上《うえ》に、自分《じぶん》の鼻《はな》を近《ちか》づけて、「よく見《み》せてごらん……」と言《い》った。

それで、ぼくはポケットから、ウジェーヌおじさんの鼻《はな》をとり出《だ》して、ブイヨンに見《み》せた。ぼくにはわけがわからないけど、ウジェーヌおじさんの鼻《はな》を見《み》たとたん、ブイヨンがものすごく怒《おこ》ったんだよ。

「わたしの目《め》をよく見《み》なさい」と、ぼくの上《うえ》にかがみ込《こ》んでいた身体《からだ》をおこして、ブイヨンが言《い》った。「いいかね、きみ。わたしを馬鹿《ばか》にするると、ゆるさんぞ。きみは、つぎの木《もく》曜日《ようび》（休校日《きゅうこうび》）、罰《ばつ》として登校《とうこう》しなさい。わかったね？」

ぼくは泣《な》き出《だ》した。するとジョフロワが言《い》った。

「ちがうんです、先生《せんせい》、ニコラのせいじゃありません！」

ブイヨンは、ジョフロワのほうを見《み》て、にっこり笑《わら》い、ジョフロワの肩《かた》に手《て》をおいた。

「そうか、きみか。無実《むじつ》のクラスメートをたすけるために、名乗《なの》り出《で》るとは見上《みあ》げたものだね」

「ううん」と、ジョフロワが言《い》った。「ニコラじゃなくて、ウードのせいなんです」

ブイヨンはまっ赤《か》になり、口《くち》を何回《なんかい》もぱくぱくさせてから、ようやく話《はな》し出《だ》した。そして、ウードにも、ジョフロワにも、それを見《み》て横《よこ》で笑《わら》っていたクロテールにも、木曜日登《もくようびとう》校《こう》の罰《ばつ》を言《い》いわたした。それからブイヨンは、休《やす》み時間《じかん》の終《お》わりの鐘《かね》を鳴《な》らしに行《い》った。

授業《じゅぎょう》で、フランスにガリア人《じん》がいっぱいいた時代《じだい》の歴史《れきし》を、先生《せんせい》がぼくらに説明《せつめい》しはじめた。となりにすわっているアルセストが、ウジェーヌおじさんの鼻《はな》は、ほんとうにつぶれてしまったのかときいた。ぼくは、だいじょうぶ、はしっこが少《すこ》しへこんだだけと答《こた》え、ポケットから鼻《はな》をとり出《だ》し、もとどおりにできるかどうかやってみた。へこんだところを中《なか》から指《ゆび》でおすだけで、もとの形《かたち》にもどすことができたんだ。ぼくは、とてもうれしかった。

「つけてみろよ、見《み》てやるから」と、アルセスト。

それで、机《つくえ》の下《した》に身《み》をかがめ、ぼくが鼻《はな》をつけると、それを見《み》たアルセストは、「いいね、鼻《はな》はだいじょうぶだ」と言《い》った。

「ニコラ！　いま先生《せんせい》が言《い》ったことをもう一度《いちど》くり返《かえ》しなさい！」と、先生《せんせい》が大《おお》きな声《こえ》で言《い》ったので、ぼくはビクッとして、すぐに起立《きりつ》した。ぼくは、泣《な》き出《だ》したかった。ぼくは、お話《はなし》をきいていなかった。ぼくらがお話《はなし》をきいていないと、先生《せんせい》はとてもきびしい顔《かお》をするんだ。ブイヨンのように目《め》をまんまるくして、先生《せんせい》はぼくを見《み》た。

「あら……あなた、顔《かお》になにをつけているのです？」と、先生《せんせい》。

「これは、パパに買《か》ってもらったつけ鼻《ばな》です！」と、ぼくは泣《な》きながら説明《せつめい》した。

先生《せんせい》はとても怒《おこ》って、大《おお》きな声《こえ》で、先生《せんせい》は悪《わる》ふざけは大《だい》きらいです、もしこんなことをくり返《かえ》すなら、あなたは退学《たいがく》になるでしょう、そして無知無学《むちむがく》の人間《にんげん》になり、ご両親《りょうしん》の恥《はじ》となるでしょう、と言った。

「その鼻《はな》をここにもってきなさい！」と、先生《せんせい》。

それで、ぼくが泣《な》きながら前《まえ》に出《で》て、鼻《はな》を先生《せんせい》の机《つくえ》の上《うえ》におくと、先生《せんせい》は罰《ばつ》として、《わたしは、悪《わる》ふざけをしたり、わたしのクラスメートの気《き》を散《ち》らすために、歴史《れきし》の授業《じゅぎょう》に、ボール紙《がみ》の鼻《はな》をもってきてはならない》という文《ぶん》の動詞《どうし》を全人称《ぜんにんしょう》に活用《かつよう》させる宿題《しゅくだい》をぼくにあたえた。

ぼくが家《いえ》に帰《かえ》ると、ママはぼくの顔《かお》を見《み》て、

「どうしたの、ニコラ、顔色《かおいろ》が良《よ》くないわね」と言《い》った。

それでぼくは泣《な》きはじめ、ポケットからウジェーヌおじさんの鼻《はな》を出《だ》したら、ブイヨンに木曜日《もくようび》に登校《とうこう》の罰《ばつ》をあたえられたこと、そしてウジェーヌおじさんの鼻《はな》のはしがへこんだのはウードのせいで、それから授業中《じゅぎょうちゅう》にウジェーヌおじさんの鼻《はな》のせいで動詞《どうし》の活用《かつよう》の宿題《しゅくだい》をもらったこと、その鼻《はな》は先生《せんせい》に没収《ぼっしゅう》されてしまったことなどを、ママに説明《せつめい》した。

ママは、とてもおどろいたようすで、ぼくの顔《かお》をじっと見《み》つめ、おでこに手《て》を当《あ》て、あなたはベッドに行《い》って、すこし休《やす》んだほうがいい、と言《い》った。

それから、会社《かいしゃ》から帰《かえ》ってきたパパに、ママが言《い》った。

「あなた、おそかったわね。わたしとても心配《しんぱい》なの。学校《がっこう》から帰《かえ》ってきた坊《ぼう》やのようすが、とてもへんなのよ。ドクターに往診《おうしん》をおねがいするかどうか、考《かんが》えているところなの」

「やっぱりそうか！」と、パパが笑《わら》いながら言《い》った。「そんなことだろうと思《おも》っていたよ。だから坊《ぼう》やに、よく言《い》っておいたんだがね！　あのそそっかしいニコラくんが、ウジェーヌの鼻《はな》で、ひと騒《さわ》ぎやらかしたんだな！」

それから、パパとぼくは、ものすごく心配《しんぱい》したんだ。なぜって、パパの話《はなし》をきいたママは、ひどく気分《きぶん》が悪《わる》くなり、すぐにドクターを呼《よ》ばなければならなかったからだよ。

La montre

メメ（おばあちゃん）がくれた腕時計《うでどけい》

きのうの夕方《ゆうがた》、学校《がっこう》から帰《かえ》ると、郵便屋《ゆうびんや》さんがきて、ぼくあての小包《こづつみ》をとどけてくれた。メメからのプレゼントだった。それはすばらしいプレゼントで、読者《どくしゃ》のみんなにも、それがなにか、ぜったいにあてられないもの。それはね、腕時計《うでどけい》だったんだよ。

ぼくのメメも腕時計《うでどけい》も最高《さいこう》なんだよ。クラスメートたちもおどろくだろうな。パパは、まだ帰《かえ》っていなかった。というのも、パパは今夜《こんや》、お仕事《しごと》の晩《ばん》ご飯《はん》があるからだ。それで、ママが、腕時計《うでどけい》のゼンマイの巻《ま》き方《かた》を教《おし》えてくれて、ぼくの手首《てくび》に腕時計《うでどけい》をつけてくれた。

ちょうどいいぐあいに、今年《ことし》はぼくも時間《じかん》をちゃんと読《よ》めるんだ。去年《きょねん》だったら、ぼくはまだ小《ちい》さくて、時計《とけい》が何時《なんじ》をさしているのか、しょっちゅうほかの人《ひと》にきかなければならなかったから、とてもめんどうなことになっていただろうね。

ぼくの腕時計《うでどけい》のすごいところはね、長《なが》いあいだじっと見《み》ていないと動《うご》いているのがわからないふたつの針《はり》のほかに、うんと速《はや》くまわる長《なが》い針《はり》があることだ。この長《なが》い針《はり》はなんの役《やく》に立《た》つのか、ママにきくと、半熟卵《はんじゅくたまご》ができたかどうかを知《し》るのに、とても役《やく》に立《た》つのよと、教《おし》えてくれた。

七時《じ》三十二分《ふん》に、ママとぼくがテーブルについたとき、半熟卵《はんじゅくたまご》が出《だ》されていなかったのは、残念《ざんねん》だった。腕時計《うでどけい》をにらみながら食《た》べていると、ポタージュが冷《さ》めてしまうから、もうすこし早《はや》く食《た》べなさいと、ママが言《い》ったので、ぼくは、長《なが》い針《はり》が二回《かい》と少《すこ》しまわるあいだに、スープを食《た》べ終《お》えた。

七時《じ》五十一分《ぷん》に、お昼《ひる》の残《のこ》りのおいしいケーキが出《で》て、七時《じ》五十八分《ふん》に、晩《ばん》ご飯《はん》が終《お》わった。ママが、もう少《すこ》し遊《あそ》んでいいと言《い》ったので、ぼくは腕時計《うでどけい》を耳《みみ》にあて、チクタクという音《おと》をきいていた。

八時《じ》十五分《ふん》に、ママはぼくにベッドに行《い》きなさいと言《い》った。ぼくは前《まえ》に万年筆《まんねんひつ》をもらったときとおなじくらいうれしかった。あの万年筆《まんねんひつ》では、そこらじゅうにインクのシミをつけてしまったんだけどね。

腕時計《うでどけい》をしたまま寝《ね》ようとすると、ママがそれは腕時計《うでどけい》のために良《よ》くないと言《い》ったので、腕時計《うでどけい》をベッドのそばのテーブルの上《うえ》においた。腕時計《うでどけい》がよく見《み》えるように、ぼくが横向《よこむ》きになってねると、八時《じ》三十八分《ぷん》に、ママがあかりを消《け》した。

すると、うわあ、すごいんだよ！　だって、ぼくの腕時計《うでどけい》の針《はり》と数字《すうじ》が、暗《くら》がりの中《なか》で光《ひか》っていたんだ！　これなら、もしぼくが半熟《はんじゅく》のゆで卵《たまご》を作《つく》ろうと思《おも》ったら、キッチンの電気《でんき》をつけなくてもいいわけだ。

ねむくならなかったので、ぼくはずっと腕時計《うでどけい》をにらんでいた。そうしていると、玄関《げんかん》のドアのあく音《おと》がきこえた。パパが帰《かえ》ってきたんだ。パパにもメメのプレゼントを見《み》せてあげられるので、ぼくはとてもうれしかった。ぼくは、ベッドからおきて、腕時計《うでどけい》を手首《てくび》につけ、自分《じぶん》の部屋《へや》を出《で》た。

パパは、しのび足《あし》で、階段《かいだん》を上《あ》がってくるところだった。

「パパ！」と、ぼくは大声《おおごえ》で呼《よ》びかけた。「このすごい腕時計《うでどけい》を見《み》て！　メメがくれたんだよ！」

びっくりしたパパは、あんまりおどろいたので、あやうく階段《かいだん》からころげ落ちるところだった。

「しーっ、しずかに、ニコラ」と、パパが言《い》った。「だめだよ、ママがおきちゃうじゃないか！」

あかりがついて、ママが寝室《しんしつ》から出《で》てくるのが見《み》えた。

「ニコラのママは、目《め》が覚《さ》めましたよ」と、ごきげんななめのママがパパに言《い》った。それから、お仕事《しごと》の夕食《ゆうしょく》はこんなにおそくなるのですかときいた。

「決《き》まってるじゃないか」と、パパが答《こた》えた。「そんなにおそくなったわけじゃないよ」

「いま十一時《じ》五十八分《ぶん》だよ」と、ぼくは得意顔《とくいがお》で言《い》った。だってぼくは、パパとママの役《やく》に立《た》つことが大好《だいす》きだから。

「きみのお母《かあ》さんからは、いつも、けっこうなプレゼントをいただくものだね」と、パパがママに言《い》った。

「いまは、わたしの母《はは》の話《はなし》をするときかしらね。坊《ぼう》やがいるというのに」と、ニコリともしないでママが答《こた》えた。それからぼくに、坊《ぼう》や、ベッドに行《い》きなさい、たんとおねんねしなさいね、と言《い》った。

ベッドにもどっても、しばらくママとパパの話《はな》し声《ごえ》がきこえていたけど、十二時《じ》十四分《ぷん》に、ぼくは、ねむりについた。

ぼくは、五時七分《じふん》に目《め》が覚《さ》めた。外《そと》が明《あか》るくなりはじめ、残念《ざんねん》なことに、腕時計《うでどけい》の数字《すうじ》はあまり光《ひか》らなくなってきた。ぼくは、おきるのを急《いそ》がなかった。というのも、きょうは学校《がっこう》がお休《やす》みなので、パパのお手伝《てつだ》いができるだろうと考《かんが》えたんだ。パパがいつも会社《かいしゃ》に遅刻《ちこく》するので、社長《しゃちょう》さんがぶつぶつ文句《もんく》を言《い》うと、パパが言《い》っていたのを思《おも》い出《だ》したんだよ。

ぼくは、少《すこ》し待《ま》ってから、五時十二分《じふん》に、パパとママの寝室《しんしつ》に行《い》って、

「パパ！朝《あさ》になったよ！　早《はや》くしないと、会社《かいしゃ》におくれるよ！」と、大声《おおごえ》で言《い》った。

パパはとてもびっくりしたけど、だいじょうぶ、パパは階段《かいだん》じゃなくて、ベッドの中《なか》にいるので、ころげ落《お》ちる心配《しんぱい》はないんだ。ところが、パパは、まるで階段《かいだん》から落《お》っこちたような、すごい顔《かお》をした。ママもガバッと、とびおきた。

「どうしたの？　なにがあったの？」と、ママがきいた。

「れいの腕時計《うでどけい》だよ」と、パパが答《こた》えた。「朝《あさ》になったらしい」

「そうだよ」とぼくが言《い》った。「いま、五時《じ》十五分《ふん》、そして十六分《ぷん》になるところだよ」

「ブラボー」と、ママが言《い》った。「わたしたちはもうおきたから、あなたはベッドにもどりなさい」

ぼくはベッドにもどったけど、それから三度《ど》、五時《じ》四十七分《ふん》と六時《じ》十八分《ぷん》と七時《じ》二分《ふん》に、パパをおこしに行《い》かなければならなかった。パパとママは、三度目《どめ》にやっとおきたんだ。

ぼくらは、朝《あさ》ご飯《はん》のテーブルについていた。

「ねえ、きみ、コーヒーを急《いそ》いでくれないか。遅刻《ちこく》しそうだ。コーヒーを出《だ》すのに、五分《ふん》もかかるのかな」と、パパがママに言《い》った。

「八分《ぷん》だよ」と、ぼくが言《い》うと、ママがきて、ものすごくへんな顔《かお》でぼくをにらんだ。コーヒーをそそぐとき、ママはテーブルクロスの上《うえ》に少《すこ》しこぼした。見《み》ると、ママの手《て》がふるえていたので、ぼくはママが病気《びょうき》にならなければいいなあと思《おも》った。

「お昼《ひる》には、早《はや》く帰《かえ》るよ」と、パパが言《い》った。「けさは時間通《じかんどお》りに、タイムカードをおして、ご出勤《しゅっきん》だ」

ぼくがママに、パパの言《い》ったタイムカードの意味《いみ》をきくと、パパのことは気《き》にせずに、外《そと》で遊《あそ》んできなさいとママが言《い》った。

授業《じゅぎょう》がないのを残念《ざんねん》に思《おも》ったのは、これがはじめてだ。だって、クラスメートたちにぼくの腕時計《うでどけい》を見《み》せたかったからね。これまで、学校《がっこう》へ時計《とけい》をもってきたのはジョフロワだけで、それも一度《ど》きりだった。ジョフロワは、鎖《くさり》とふたのついたパパの大《おお》きな懐中時計《かいちゅうどけい》をもってきたんだ。

ジョフロワのパパの時計《とけい》は、とてもきれいだったけど、パパにないしょでもち出《だ》してきたジョフロワは、とてもまずいことになったらしかった。ぼくらも、二度《にど》とその懐中時計《かいちゅうどけい》にお目《め》にかかることがなかった。ジョフロワの話《はなし》では、さんざんおしりをぶたれて、すんでのところで、ぼくらはもう二度《ど》とジョフロワに会《あ》えなくなるところだったらしいんだよ。

ぼくはアルセストの家《いえ》に行《い》った。アルセストは、いつもなにかを食《た》べているふとっちょのクラスメートで、ぼくの家《いえ》のすぐ近《ちか》くに住《す》んでいるんだ。アルセストの朝《あさ》が早《はや》いのを、ぼくは知《し》っている。というのも、アルセストは、朝《あさ》ご飯《はん》にたっぷり時間《じかん》をかけるからだ。

「アルセスト！」と、ぼくは家《いえ》の前《まえ》で名前《なまえ》を呼《よ》んだ。「アルセスト！　いいものをもってきたから、見《み》においでよ！」

アルセストは、口《くち》にクロワッサンをほおばり、右手《みぎて》にもクロワッサンをもったまま、外《そと》に出《で》てきた。

「腕時計《うでどけい》だよ！」と、クロワッサンをくわえたアルセストの口《くち》の前《まえ》に、腕《うで》を上《あ》げて、ぼくの腕時計《うでどけい》を見《み》せてやった。

アルセストは、目玉《めだま》をキョロキョロさせ、クロワッサンをのみ込《こ》んでから、「すごいじゃないか！」と言《い》った。

「よく動《うご》くんだよ。それに半熟《はんじゅく》ゆで卵《たまご》を作《つく》るときの針《はり》もついているし、夜《よる》には数字《すうじ》が光《ひか》るんだ」と、ぼくは説明《せつめい》した。

「それで、その腕時計《うでどけい》の中《なか》は、どうなっているんだい？」と、アルセストがきいた。

時計《とけい》の中《なか》を見《み》るなんて、ぼくは考《かんが》えもしなかった。

「待《ま》っていな」と、アルセストは、走《はし》って家《いえ》の中《なか》に入《はい》り、べつのクロワッサンとナイフを持《も》って、もどってきた。

「きみの腕時計《うでどけい》をかしなよ」と、アルセストが言《い》った。「ナイフでふたをあけてみようぜ。あけ方《かた》は、わかっているんだ。ぼくは、パパの腕時計《うでどけい》の裏《うら》ぶたをあけたことがあるからね」

腕時計《うでどけい》をわたすと、アルセストは、ナイフで裏《うら》ぶたをこじあけはじめた。

ぼくは、アルセストが腕時計《うでどけい》をこわすんじゃないかと、心配《しんぱい》になったので、「腕時計《うでどけい》を返《かえ》して」と言《い》った。

でも、アルセストは返《かえ》すどころか、ベロを出《だ》して、腕時計《うでどけい》の裏《うら》ぶたをあけようとした。

そこで、ぼくは、力《ちから》ずくで腕時計《うでどけい》をとりもどそうとした。すると、ナイフの持《も》ち手《て》がアルセストの指《ゆび》にあたり、アルセストは悲鳴《ひめい》をあげた。腕時計《うでどけい》は裏《うら》ぶたがはずれて、九時《じ》十分《ぷん》に地面《じめん》におちた。

腕時計《うでどけい》がいつまでも九時《じ》十分《ぷん》のままなので、ぼくは泣《な》きながら家《いえ》に帰《かえ》った。ぼくの腕時《うでど》計《けい》はもう動《うご》かなかった。ぼくを両腕《りょううで》にだきしめたママは、パパがなおしてくれますよと言《い》った。

お昼《ひる》の時間《じかん》にもどってきたパパに、ママが腕時計《うでどけい》をわたした。小《ちい》さなボタンをまわしたパパが、ママの顔《かお》を見《み》て、腕時計《うでどけい》を見《み》て、ぼくの顔《かお》を見《み》て、そして、

「いいかい、ニコラ、この腕時計《うでどけい》はもうなおらない。でもね、腕時計《うでどけい》で遊《あそ》ぶには、このままでじゅうぶんだ。それどころか、もうこれいじょう、こわれる心配《しんぱい》はないぞ。手首《てくび》につけていれば、いままでとおなじで、とてもかっこいいじゃないか」と言《い》った。

パパはとてもうれしそうな顔《かお》をしていたし、ママもとてもうれしそうな顔《かお》をしていたので、ぼくもうれしくなった。

ぼくの腕時計《うでどけい》は、いまではいつも四時《じ》をさしている。これはいい時間《じかん》なんだ。チョコレート・プチパンがもらえる時間《じかん》だ。そして、夜《よる》になると、数字《すうじ》は光《ひか》りつづけている。

ほんとに、メメのプレゼントは、すばらしいプレゼントだよ！

On a fait un journal

新聞《しんぶん》を作《つく》ろう

休《やす》み時間《じかん》に、教母《きょうぼ》（名付《なづ》け親《おや》）さんからもらったというプレゼントを、メクサンがぼくらに見《み》せた。プレゼントは、印刷機《いんさつき》セットだった。

それはゴムの活字《かつじ》が、たくさん入《はい》っている箱《はこ》で、活字《かつじ》を型《かた》の中《なか》にならべると、なんでも好《す》きな言葉《ことば》を作《つく》ることができる。それから、郵便局《ゆうびんきょく》の消印《けしいん》をおすように、インクのついたスタンプ台《だい》におしあて、それを紙《かみ》の上《うえ》におすんだ。すると、パパが読《よ》んでいる新聞《しんぶん》みたいな文字《もじ》が、印刷《いんさつ》されるんだよ。

新聞《しんぶん》を読《よ》みながら、パパはいつも大声《おおごえ》を出《だ》すけど、それはママが、洋服《ようふく》だの、特売広告《とくばいこうこく》だの、料理《りょうり》のレシピだのが書《か》いてあるページを、もって行《い》ってしまうからだ。

メクサンの印刷機《いんさつき》セットは、とてもすばらしいものだった！

メクサンは、この印刷機《いんさつき》セットを使《つか》って、家《いえ》で印刷《いんさつ》してきたものをぼくらに見《み》せた。メクサンは、ポケットから紙《かみ》を三枚《まい》とり出《だ》したけど、紙《かみ》の上《うえ》には《メクサン》の名前《なまえ》がいくつもいくつも、あらゆる方向《ほうこう》にいっぱい印刷《いんさつ》されていた。

「このセットを使《つか》うと、ペンで書《か》くより、うんと上手《じょうず》に書《か》けるんだ」とメクサンが言《い》ったけど、それはほんとうだ。

「それじゃ、みんな」と、リュフュスが言《い》った。「新聞《しんぶん》を作《つく》らないか？」

それは、とてもいい考《かんが》えだったので、みんな賛成《さんせい》した。いつもはいっしょに遊《あそ》ばないアニャンまで賛成《さんせい》した。アニャンは、先生《せんせい》のお気《き》に入《い》りで、休《やす》み時間《じかん》にも学課《がっか》の復習《ふくしゅう》をしているクラスメートだ。休《やす》み時間《じかん》に勉強《べんきょう》するなんて、どうかしているんだよ、アニャンは！

「それで、新聞《しんぶん》の名前《なまえ》はどうするの？」と、ぼくがきいた。

名前《なまえ》の話《はなし》になると、みんなの意見《いけん》が合《あ》わなくなったんだよ。《ル・テリブル（わんぱく坊主《ぼうず》）》とか、《ル・トリオンファン（勝利者《しょうりしゃ》）》とか、《ル・マニフィク（最高級《さいこうきゅう》）》とか、《ル・サン・プール（勇猛《ゆうもう》）》とか、いろんな候補《こうほ》が出《で》た。

メクサンは、《ル・メクサン》という名前《なまえ》にしたがったけど、アルセストがそれはまぬけな名前《なまえ》だと言《い》ったので、メクサンは腹《はら》を立《た》てた。アルセストは《ラ・デリシューズ（美味《びみ》）》のほうがいいと言《い》ったけど、それはアルセストの家《いえ》の近《ちか》くにある豚肉屋《ぶたにくや》さんの名前《なまえ》なんだよ。話《はなし》がまとまらないので、けっきょくぼくらは、新聞《しんぶん》の名前《なまえ》はあとで決《き》めることにした。

「それで、ぼくらの新聞《しんぶん》には、なにをのせるの？」と、クロテールがきいた。

「そりゃ、決《き》まっているさ。本物《ほんもの》の新聞《しんぶん》とおなじだよ」と、ジョフロワが答《こた》えた。「ニュース、写真《しゃしん》、イラスト、泥棒《どろぼう》や死《し》んだ人《ひと》だらけの事件《じけん》の話《はなし》、それから株価《かぶか》だな」

ぼくらはだれも、株価《かぶか》がなにか、知《し》らなかった。するとジョフロワが、それは小《ちい》さな文字《もじ》で書《か》かれたたくさんの数字《すうじ》で、ジョフロワのパパが一番熱心《いちばんねっしん》に読《よ》んでいるものだと、ぼ

くらに説明《せつめい》した。

ジョフロワの言《い》うことを、うのみにしてはいけない。だって、ジョフロワは、ものすごいほら吹《ふ》きで、いつだってうそばかりついているんだよ。

「写真《しゃしん》はね、印刷《いんさつ》できないな。ぼくの印刷《いんさつ》機《き》セットには活字《かつじ》しかないから」と、メクサンが言《い》った。

「でも、イラストならかけるよ。ぼくは、おおぜいの兵隊《へいたい》がお城《しろ》を攻《せ》めているところや、爆撃《ばくげき》する飛行機《ひこうき》や飛行船《ひこうせん》をかける」と、ぼくが言《い》った。

「ぼくはね、フランスの全県地図《ぜんけんちず》をかくこ

とができる」と、アニャン。

「ぼくは、パーマをかけているママの絵《え》をかいたことがある」と、クロテールが言《い》った。

「でもね、ママはぼくの絵《え》をやぶいてしまった。パパは、ぼくの絵《え》を見《み》て、大笑《おおわら》いしたんだけどなあ」

「きみたちの絵《え》も、いいかもな」と、メクサンが言《い》った。「だけど、きみたちのつまらない絵《え》をいっぱいのっけたら、もう新聞《しんぶん》には、おもしろい記事《きじ》を印刷《いんさつ》するスペースがなくなってしまうぜ」

ぼくは、メクサンをとっちめようとしたけど、ジョアキムが、メクサンの言《い》うことはもっともだと言《い》い、ぼくには、春《はる》をテーマにして書《か》いた作文《さくぶん》がある。この作文《さくぶん》は十二点《てん》(二十点満点《てんまんてん》)をとったのだから印刷《いんさつ》する価値《かち》がある。この作文《さくぶん》には、咲《さ》き乱《みだ》れる花《はな》やピイピイさえずる鳥《とり》たちのことが書《か》いてある、と言《い》った。

「きみのピイピイを印刷《いんさつ》するために、ぼくらが活字《かつじ》を使《つか》うなんて思《おも》わないよな。そうだろ?」と、リュフュスが言《い》い返《かえ》して、ふたりはけんかになった。

「ぼくなら算数《さんすう》の問題《もんだい》を出《だ》すことができる。そして読者《どくしゃ》に答《こた》えを送《おく》ってもらって、ぼくらでそれを採点《さいてん》するんだ」と、アニャンが言《い》った

みんながどっと笑《わら》い出《だ》したので、アニャンは泣《な》きはじめ、きみたちはみんな意地悪《いじわる》だ。いつだってぼくを馬鹿《ばか》にする。先生《せんせい》に言《い》いつければ、きみたちぜんいん罰《ばつ》を受《う》けるだろう。そうなればいい気味《きみ》だけど、でもぼくはもうなにも言《い》わないつもりだ、と言《い》った。

ジョアキムとリュフュスはまだけんかしており、アニャンが泣《な》いているので、ぼくらの話《はな》す声《こえ》が聞《き》きとりにくくなった。まったく、クラスメートたちと新聞《しんぶん》を作《つく》るというのは、なまやさしいことではないんだよ！

「新聞《しんぶん》が印刷《いんさつ》できたら、それからどうするんだい？」と、ウードがきいた。

「なにを言《い》ってるんだ！」と、メクサンが答《こた》えた。「売《う》るに決《き》まっている！　新聞《しんぶん》は、売《う》るために作《つく》るんだ。だからぼくらは、ぼくらの新聞《しんぶん》を売《う》る。そうすれば、ぼくらは大金《おおがね》もちになれるし、なんでもいっぱい買《か》うことができるぜ」

「でも、誰《だれ》に売《う》るの？」と、ぼくがきいた。

「決《き》まってるじゃないか」と、アルセストが答《こた》えた。「通《とお》りで、街《まち》の人《ひと》に売《う》るんだよ。走《はし》りながら、《号外《ごうがい》》だよとさけぶんだ。そうすればみんなお金《かね》を払《はら》うぞ」

「新聞《しんぶん》は一枚《まい》しかないよ。これじゃ、たくさんのお金《かね》にはならないな」と、クロテールが言《い》った。

「決《き》まってるじゃないか」と、アルセストが言《い》った、「ぼくはその一枚《まい》をうんと高《たか》く売《う》るんだよ」

「どうして、きみが売《う》るのさ？　新聞《しんぶん》を売《う》りに行《い》くのは、ぼくだよ」と、クロテールが言《い》った。「だいいち、きみの指《ゆび》はいつも油《あぶら》でべとべとしている。きみがさわると、新聞《しんぶん》にシミがつくぜ。だれが、きたない新聞《しんぶん》なんか買《か》うもんか」

「ぼくの手《て》が、べとべとかどうか見《み》せてやる」と、アルセストは言《い》い、両《りょう》手《て》をクロテールの顔《かお》にこすりつけた。これにはぼくもおどろいたね。だって、いつもならアルセストは休《やす》み時間《じかん》にけんかをするのは好《す》きじゃない。ひと騒《さわ》ぎすると、食《た》べる時間《じかん》がなくなるからね。

だけど、アルセストもよほど腹《はら》が立《た》ったようで、リュフュスとジョアキムがさっと場所《ばしょ》をゆずると、アルセストとクロテールはとっくみ合《あ》いをはじめた。でもね、アルセストの手《て》がべとべとしてるのは、ほんとうだ。こんにちはと、握手《あくしゅ》をするときでも、アルセストの手《て》は、ヌルッとしているんだよ。

「それじゃ、こうしよう」と、メクサンが言《い》った。「とにかく編集長《へんしゅうちょう》は、ぼくがやるよ。いいね」

「悪《わる》いけど、そりゃまた、いったいどうして、そうなるの?」と、ウード。

「それは、印刷機《いんさつき》セットが、ぼくのだからだ。これが、そのわけだ!」と、メクサン。

「ちょっと、待《ま》った」と、リュフュスがかけつけ、大声《おおごえ》で言《い》った。「編集長《へんしゅうちょう》はぼくだ。新聞《しんぶん》を作《つく》ろうと言《い》いだしたのは、ぼくだ。だから、ぼくが編集長《へんしゅうちょう》だ!」

「おい、きみ」と、ジョアキムがリュフュスに向《む》かって言《い》った。「きみは、ぼくをほったた

らかしにするのか？　ぼくらは勝負《しょうぶ》をつけてるさなかじゃないか！　それでもきみは、ともだちか！」

「きみの負《ま》けなんだよ」と、鼻血《はなぢ》を出《だ》しながら、リュフュスが言《い》った。

「馬鹿《ばか》にするなよ」と、あちこち傷《きず》だらけのジョアキムは言《い》い返《かえ》し、アルセストとクロテールの横《よこ》で、ふたりはまたけんかをはじめた。

「もう一度《いちど》言《い》ってみろ、ぼくの手《て》がべとべとだって！」と、アルセストがさけんだ。

「きみの手《て》はべとべとだ！　きみの手《て》はべとべとだ！　きみの手《て》はべとべとだ！」と、クロテールもさけんだ。

「もしぼくのパンチを鼻《はな》の頭《あたま》にくらいたくなければ、メクサン」と、ウードも大声《おおごえ》で言《い》った。「ぼくを編集長《へんしゅうちょう》にしろ！」

「ぼくが、びびるとでも思《おも》っているのか?」と、メクサンがやり返《かえ》したけど、メクサンはびびっていたと、ぼくは思《おも》う。その証拠《しょうこ》に、メクサンはそう言《い》い返《かえ》しながら、じりじりと後《あと》ずさりしていたからね。

するとウードがメクサンをドンとつきとばしたので、印刷機《いんさつき》セットの箱《はこ》が地面《じめん》に落《お》ち、活字《かつじ》があちこちに散《ち》らばった。顔《かお》をまっ赤《か》にしたメクサンが、ウードにとびかかった。すると、落《お》ちた活字《かつじ》をひろい集《あつ》めていたぼくの手《て》を、メクサンの足《あし》が踏《ふ》んづけた。それを見《み》て、ウードがぼくに少《すこ》し場所《ばしょ》をゆずったので、ぼくはメクサンにビンタをおみまいした。

それから、ブイヨン(ぼくらの生徒指導《せいとしどう》の先生《せんせい》だけど、これはほんとうの名前《なまえ》じゃない)がやってきて、ぼくらを引《ひ》きはなした。それで、もうぼくらは、遊《あそ》べなくなった。

ブイヨンは、印刷機《いんさつき》セットを没収《ぼっしゅう》したうえに、きみたちはそろいもそろって問題児《もんだいじ》だと言《い》い、ぼくらを居残《いのこ》りの罰《ばつ》にし、休《やす》み時間《じかん》の終《お》わりの鐘《かね》を鳴《な》らしに行《い》き、それから具合《ぐあい》が悪《わる》くなっていたアニャンを医務室《いむしつ》に運《はこ》んだんだ。

ほんとうに、することがいっぱいあって、忙《いそが》しいんだよ、ブイヨンは!

けっきょく、ぼくらは新聞《しんぶん》を作《つく》ることができなかった。ブイヨンは、夏休《なつやす》みになるまで、印刷機《いんさつき》セットを返《かえ》さないつもりなんだ。でも、仕方《しかた》がないね。どっちにしても、ぼくらには新聞《しんぶん》にのせるような出来事《できごと》は、なんにもなかっただろうから。

ぼくらのあいだでは、なにひとつ、決《けっ》して事件《じけん》なんておこらないんだよ。

Le vase rose du salon

バラ色《いろ》の花《か》びんは、いずこ……

家《いえ》の中《なか》でサッカーボールで遊《あそ》んでいたぼくは、ガチャン！と、客間《きゃくま》のバラ色《いろ》の花《か》びんをわってしまった。

ママがとんできて、ぼくは泣《な》きはじめた。

「ニコラ！」と、ママが言《い》った。「家《いえ》の中《なか》でサッカーボールをけってはいけないのを知《し》っているでしょ！　あなたがしたことをごらんなさい。客間《きゃくま》のバラ色《いろ》の花《か》びんをわったのよ！　パパはこの花《か》びんを、とても大事《だいじ》にしていたのに。パパがもどったら、自分《じぶん》のしたことをちゃんとお話《はな》ししなさい。きっとしかられるわね。でもあなたにはいい薬《くすり》になるわ！」

ママは、カーペットの上《うえ》のわれた花《か》びんのかけらをひろい集《あつ》め、キッチンに行《い》った。ぼくは泣《な》きつづけた。だって、パパが相手《あいて》だと、この花《か》びんのことはきっと大騒《おおさわ》ぎになるから。

会社《かいしゃ》から帰《かえ》ってきたパパは、ひじ掛《か》けいすにすわり、新聞《しんぶん》をひろげて読《よ》みはじめた。

ママがキッチンからぼくを呼《よ》んだ。

「どうなの？　さっきのこと、ちゃんとパパにお話《はな》ししたの？」

「ぼく、パパに言《い》いたくない！」と言《い》ってから、ぼくはわっと声《こえ》をあげて泣《な》いた。

「まあ、ニコラったら！　そういうの、ママがきらいなのを知《し》っているでしょ」と、ママが言《い》った。「人生《じんせい》では、勇気《ゆうき》をもつことが必要《ひつよう》なのよ。あなたはもう、お兄《にい》ちゃんなんだから、客間《きゃくま》に行《い》って、なにもかもパパにお話《はな》ししなさい！」

お兄《にい》ちゃんだと言《い》われるたびに、ぼくには、ろくなことがない。ほんとに、まったく、いやになってしまう！　でも、ママが真剣《しんけん》な顔《かお》をしていたので、ぼくは客間《きゃくま》に行《い》った。

「パパ……」と、ぼく。

「ううん？」と、パパは生返事《なまへんじ》をして、新聞《しんぶん》を読《よ》みつづけていた。

「ぼくね、客間《きゃくま》のバラ色《いろ》の花《か》びんを割《わ》っちゃったんだ」と、ぼくはすごい早口《はやくち》でうちあけた。のどの奥《おく》に大《おお》きなかたまりがつかえているような気分《きぶん》だった。

「ううん？」と、またパパが言《い》った。「それはよかったね。坊《ぼう》や、向《む》こうで遊《あそ》んでおいで」

ぼくが大喜《おおよろこ》びでキッチンにもどると、ママがぼくにきいた。

「パパに話《はな》したの？」

「はい、ママ」と、ぼく。

「それで、パパはなんと言《い》ったの？」と、ママ。

「パパはぼくに、それはよかったね。坊《ぼう》や、向《む》こうで遊《あそ》んでおいでと言《い》った」と、ぼくは答《こた》えた。

これが、ママは気《き》に入《い》らなかったんだよ。

「そんな馬鹿《ばか》な！」と、ママは言《い》って、それから客間《きゃくま》に入《はい》って行《い》った。

「ねえ、あなた」と、ママが言《い》った。「この子《こ》の教育《きょういく》って、そんなふうにするのですか？」

パパは、とてもおどろいたようすで、新聞《しんぶん》から顔《かお》を上《あ》げた。

「なんの話《はなし》だい」と、パパがきき返《かえ》した。

「まあ！　なんてことでしょう。とぼけるのもいいかげんにしてくださいな」と、ママが言《い》った。「わたしが、子供《こども》のしつけに、こんなに気《き》を配《くば》っているというのに、ほんとにあなたは、のほほんと新聞《しんぶん》を読《よ》んでいれば、いいんですものね！」

「まったくだ。わたしも新聞《しんぶん》を、のほほんと読《よ》めたら、どれだけいいか。でもこの家《いえ》では、そんなことは、とてもできない相談《そうだん》のようだね！」

「ええ、そうでしょうとも！　殿方《とのがた》は気楽《きらく》に過《す》ごすのがお望《のぞ》みね！　スリッパにはきかえて、新聞《しんぶん》を読《よ》んで、それで大変《たいへん》な仕事《しごと》は全部《ぜんぶ》わたしにおしつけるのよ！」と、ママが大声《おおごえ》で言《い》った。「あとになって、息子《むすこ》が手《て》に負《お》えなくなってから、あなたは、ただびっくりするだけなのよ！」

「だけど、あのね」と、パパも大声《おおごえ》で言《い》い返《かえ》した。「わたしに、どうしろと言《い》うのかな？家《いえ》に帰《かえ》ったら、すぐに子《こ》どもをムチで打《う》てとでも言《い》うのかね？」

「あなたは、責任《せきにん》のがれをしているのよ」と、ママが言《い》った。「家族《かぞく》のことなんて、まるでどうでもいいんでしょう！」

「そんな馬鹿《ばか》な！」と、パパがさけんだ。「わたしは一心不乱《いっしんふらん》に働《はたら》いているんだよ。社長《しゃちょう》の不《ふ》きげんな顔《かお》もがまんして、きみたちに、きみとニコラに不自由《ふじゆう》をさせないために、自分《じぶん》の楽《たの》しみはほとんどたな上《あ》げにして……」

「前《まえ》にも言《い》いましたね。子《こ》どもの前《まえ》で、お金《かね》の話《はなし》はやめてくださいな！」と、ママ。

「この家《いえ》にいると、がまんできなくなりそうだ！」と、パパがさけんだ。「だが、なんとかしなくちゃならん！　ああ、そうだとも！　なんとかしなくちゃならないね！」

「わたしの母《はは》が言《い》っていたとおりだわ」と、ママが言《い》った。「わたしは、母《はは》の言《い》うことをきくべきだったのよ！」

「やれやれ、またきみのお母《かあ》さんか！　そういえば、いままで、きみのお母《かあ》さんが話《はなし》の中《なか》に出《で》てこなかったとは、おどろきだね」と、パパが言《い》った。

「わたしの母《はは》に、かまわないでくださいな。わたしの母《はは》のことを、とやかく言《い》うのはいっさい許《ゆる》しませんからね！」と、ママも声《こえ》を張《は》り上《あ》げた。

「だけどねえ、それを言《い》い出《だ》したのは、わたしじゃない……」と、パパが言《い》っているとき、玄関《げんかん》の呼《よ》び鈴《りん》が鳴《な》った。それは、おとなりのブレデュールさんだった。「チェッカーをひと勝負《しょうぶ》やらないかと思《おも》って、来《き》てみたんだが」と、ブレデュールさんがパパに言《い》った。

「いいところに見《み》えましたわ、ムッシュー・ブレデュール」と、ママが言《い》った。「わたしたちのどっちが正《ただ》しいか、決《き》めてくださいな！　父親《ちちおや》たる者《もの》、自分《じぶん》の息子《むすこ》の教育《きょういく》に積極的《せっきょくてき》にかかわるべきであると、お思《おも》いになりませんか？」

「ブレデュールに、なにがわかるものか？　ブレデュールには、子《こ》どもがいないんだぞ！」と、パパ。

「そんなことは理由《りゆう》になりません」と、ママが言《い》い返《かえ》した。「歯医者《はいしゃ》は、一度《いちど》も自分《じぶん》の歯《は》が痛《いた》くならなくても、歯医者《はいしゃ》になることができます！」

「歯医者《はいしゃ》は一度《いちど》も自分《じぶん》の歯《は》が痛《いた》くならない、なんて話《はなし》を、きみはどこから引《ひ》っぱり出《だ》してきたのかな？」と、パパが言《い》った。

「その話《はなし》は笑《わら》えるね！」。そして、ほんとうに笑《わら》いはじめた。

「ほらね、おわかりでしょう、ムッシュー・ブレデュール？　この人《ひと》は、わたしを馬鹿《ばか》にしているのですわ！」と、ママが大《おお》きな声《こえ》で言《い》った。「自分《じぶん》の息子《むすこ》のめんどうを見《み》るどころか、ふざけてばかり！　ムッシュー・ブレデュール、あなたはどう思《おも》いますか？」

「チェッカーの勝負《しょうぶ》は」と、ブレデュールさんが言《い》った。「きょうのところは、おあずけですな。わたしは失礼《しつれい》します」

「あら、だめですよ！」と、ママが言《い》った。「せっかくここにいらしたのですから、最後《さいご》まで、おつきあいしてくださいな！」

「問題《もんだい》にならんね」と、パパが言《い》った。「呼《よ》びもしないのに、のこのこやってきた馬鹿者《ばかもの》に、用《よう》はないぞ！　犬小屋《いぬごや》みたいな家《いえ》に、とっとと帰《かえ》るんだな！」

「あのねえ……」と、ブレデュールさんがなにか言《い》いかけた。

「まあ！　あなたたち、男《おとこ》の人《ひと》は、みな同《おな》じね！」と、ママが言《い》った。「あなたたちは、うまく助《たす》け合《あ》っているのね！　それなら、あなたもとなりの家《いえ》の戸口《とぐち》でき耳《みみ》を立《た》てるより、さっさとお帰《かえ》りになったほうがよろしいわ！」

「それじゃ、まあ、チェッカーの勝負《しょうぶ》は、またにしましょう」と、ブレデュールさんが言《い》った。「お休《やす》みなさい。じゃ、またね、ニコラ！」

そして、ブレデュールさんは出《で》て行《い》った。

ぼくは、パパとママが言《い》い争《あらそ》いをするのが好《す》きじゃない。ぼくが好《す》きなのは、パパとママが仲直《なかなお》りをするときだ。きょうも、やっぱり、そうなった。ママが泣《な》きはじめると、パパはこまった顔《かお》になり、「まあ、まあ、まあ……」と言《い》い、そしてママにキスをし、パパがわたしが悪《わる》かったと言《い》うと、ママはわたしがまちがっていましたと言《い》い、パパは、そんなことはない、まちがっていたのはわたしだ、と言《い》った。

パパとママは笑《わら》いはじめ、ふたりはキスをして、ぼくにもキスをし、いまのはみんな冗《じょう》談《だん》なんだよと言《い》い、そしてママは、フライドポテトを作《つく》るわねと言《い》った。

晩《ばん》ご飯《はん》はとてもおいしかった。それにみんなニコニコしていて、最後《さいご》にパパが言《い》った。

「ねえ、きみ。わたしたちは、あの人《ひと》のいいブレデュールを、からかいすぎたかもしれないね。電話《でんわ》して、コーヒーにさそってやろう。そして、チェッカーでひと勝負《しょうぶ》だ」

ブレデュールさんがやってきたけど、すこしパパとママのようすをうかがっている感《かん》じだった。

「まさか、また口《くち》げんかはないだろうね?」とブレデュールさんが言《い》うと、パパとママは笑《わら》いはじめ、ふたりで両方《りょうほう》から、ブレデュールさんの腕《うで》をとり、客間《きゃくま》に通《とお》した。

パパは、小《ちい》さなテーブルの上《うえ》にチェッカーの盤《ばん》を用意《ようい》し、ママはコーヒーをもってきた。

そしてぼくは、コーヒーにひたした角《かく》ざとうをもらった。

そのとき、顔《かお》を上《あ》げたパパが、とてもおどろいたような声《こえ》を出《だ》して、聞《き》いたんだよ。

「そんな馬鹿《ばか》な……! 客間《きゃくま》のバラ色の花《か》びんは、いったい、どこに行《い》ったんだい?」

À la récré, on se bat

休《やす》み時間《じかん》には、ファイト

「うそつき」と、ぼくはジョフロワに言《い》った。

「もう一度《いちど》、言《い》ってみな」と、ジョフロワがぼくに言《い》い返《かえ》した。

「うそつき」と、ぼくはジョフロワにもう一度《いちど》言《い》った。

「そうか！　本気《ほんき》だな？」と、ジョフロワが念《ねん》をおした。

「本気《ほんき》だとも」と、ぼくが答《こた》えたところで、休《やす》み時間《じかん》の終《お》わりの鐘《かね》が鳴《な》った。

「わかった」と、教室《きょうしつ》に入《はい》るために、整列《せいれつ》をしているあいだに、ジョフロワが言《い》った。「つぎの休《やす》み時間《じかん》にけりをつけようぜ」

「もちろんだ」と、ぼくがジョフロワに言《い》った。だって、こんなことは二度《にど》も言《い》う必要《ひつよう》なんかないんだ。ぼくは、やると言《い》ったらやるぞ、こんちくしょうめ。

「整列時《せいれつじ》は静《せい》しゅくに！」と、ブイヨンが大《おお》きな声《こえ》で言《い》った。ブイヨンというのは生徒指《せいとし》導《どう》の先生《せんせい》で、この人《ひと》とは、ふざけちゃいけないんだ。

授業《じゅぎょう》は、地理《ちり》だった。ぼくのとなりにすわっているアルセストが、きみがつぎの休《やす》み時《じ》間《かん》にジョフロワと勝負《しょうぶ》するとき、きみの上着《うわぎ》をもっていてやる。テレビのボクサーがやるように、あいつのあごを狙《ねら》え、とぼくに言《い》った。

「だめだめ」と、後《うし》ろの席《せき》のウードが言《い》った。「ねらうのは、鼻《はな》だよ。鼻《はな》の頭《あたま》をビシッとなぐったら、きみの勝《か》ちだ」

「いい加減《かげん》なことを言《い》うんじゃない」と、ウードのとなりにすわっているリュフュスが言《い》った。

「相手《あいて》はジョフロワだ。あいつに効《き》くのはビンタだよ」

「馬鹿《ばか》じゃないか。きみはビンタをくり出《だ》すボクサーを、見《み》たことがあるのかい?」と、近《ちか》くの席《せき》のメクサンがわり込《こ》んできた。そしてメクサンは、席《せき》が遠《とお》くて話《はなし》が聞《き》こえず、なにを話《はな》しているのか知《し》りたがっているジョアキムにメモを書《か》いた紙《かみ》をおくった。

ところが、まずいことに、アニャンが紙《かみ》を受《う》けとった。アニャンは先生《せんせい》のお気《き》に入《い》りだから、すぐに指《ゆび》を立《た》てて、先生《せんせい》に報告《ほうこく》した。

「先生《せんせい》、ぼく、メモを書《か》いた紙《かみ》を受《う》けとりました!」

目《め》をまんまるくした先生《せんせい》がアニャンにその紙《かみ》をもってくるように言《い》うと、アニャンは得《とく》意満面《いまんめん》、紙《かみ》を先生《せんせい》にわたした。紙《かみ》に書《か》かれたメモを読《よ》んで、先生《せんせい》が言《い》った。

「ここには、あなた方《がた》のうちのふたりが休《やす》み時間《じかん》にけんかをすると書《か》いてあります。先生《せんせい》には、これがだれのことかわからないし、知《し》りたくもありません。ですが、先生《せんせい》はみなさんに断《ことわ》っておきますよ。休《やす》み時間《じかん》が終《お》わったら、先生《せんせい》は、生徒指導《せいとしどう》のデュボン先生《せんせい》に、おうかがいします。そしてこのふたりには、きびしい罰《ばつ》をあたえます。アルセスト、黒板《こくばん》の前《まえ》に出《で》なさい」

アルセストは前《まえ》に出《で》て、フランスの川《かわ》にかんする質問《しつもん》を受《う》けたけど、これがあまり

うまくいかなかった。というのも、アルセストは、あちこち曲《ま》がりくねって流《なが》れているセーヌ川《がわ》と、去年《きょねん》の夏休《なつやす》みを過《す》ごしたニーヴ川《がわ》の、ふたつの川《かわ》しか知《し》らなかったからだ。

クラスじゅうが、休《やす》み時間《じかん》になるのを待《ま》ちきれなくて、とてもざわざわしていた。そこで、みんなを静《しず》かにさせるために、先生《せんせい》が長定規《ながじょうぎ》で教卓《きょうたく》をたたくと、いねむりをしていたクロテールは、てっきり自分《じぶん》がしかられたと思《おも》い込《こ》み、教室《きょうしつ》の後《うし》ろのすみに立《た》ちに行《い》った。

ぼくは、めんどうなことになったと考《かんが》えていた。だって、ぼくが居残《いのこ》りの罰《ばつ》を受《う》けると、家《いえ》に帰《かえ》ってから大騒《おおさわ》ぎになるだろうし、今夜《こんや》のデザートのチョコレートクリームもなしにされてしまうだろうからね。

それに、その先《さき》は、どうなることやら？　たぶん先生《せんせい》はぼくを退学《たいがく》させるだろう。そうなると、とんでもないことになる。ママはとても悲《かな》しむだろうし、パパはぼくに、パパがぼくの年《とし》ごろのときには、クラスメートのお手本《てほん》となる生徒《せいと》だった。ぼくに立派《りっぱ》な教育《きょういく》を身《み》につけさせるために血《ち》のにじむような苦労《くろう》をしている。ぼくはろくな人間《にんげん》にならないだろう。映画《えいが》につれて行《い》ってやるのもかなり先《さき》の話《はなし》になるぞ、と言《い》うだろう。

ぼくは、のどの奥《おく》に大《おお》きなかたまりがつまっているような気分《きぶん》だった。そして、休《やす》み時《じ》間《かん》の鐘《かね》が鳴《な》ったので、ジョフロワを見《み》た。ぼくの見《み》るところ、ジョフロワも急《いそ》いで校庭《こうてい》におりてゆく気配《けはい》はなかった。

校庭《こうてい》では、クラスメートぜんいんが、ぼくとジョフロワが教室《きょうしつ》からおりてくるのを待《ま》っていた。

「校庭《こうてい》の奥《おく》へ行《い》こう。あそこなら安心《あんしん》だ」と、メクサンが言《い》った。

ジョフロワとぼくが、みんなの後《あと》について行《い》くと、それからクロテールがアニャンに言《い》った。

「おい！　きみは、だめだ！　告《つ》げ口《ぐち》したんだからな！」

「ぼくだって、見《み》たいんだ！」と、アニャンが言《い》った。「もし見《み》せてもらえないなら、ぼくはいますぐ、ブイヨンに知《し》らせに行《い》ってやる。そうすれば、だれもけんかできないからね。そうなればきみたちも、見《み》ることができなくなるよ」

「しょうがない！　見《み》せてやろうぜ」と、リュフュスが言《い》った。「けっきょくのところ、

ジョフロワとニコラは、どっちみち罰《ばつ》を受《う》けるだろうさ。だから、アニャンが先生《せんせい》に告《つ》げ口《ぐち》するのが、先《さき》になるか後《あと》になるか、どっちにしても、たいして違《ちが》いはないわけだ」

「罰《ばつ》、罰《ばつ》って、うるせえな」と、ジョフロワが言《い》った。「けんかをすれば、罰《ばつ》を受《う》けるんだ。これが最後《さいご》だぞ、ニコラ。さっきのせりふをとり消《け》すつもりはないのか？」

「いったん口《くち》にしたことを、ニコラがとり消《け》すもんか。馬鹿《ばか》にするなよ！」と、アルセストが横《よこ》から口《くち》を出《だ》した。

「そうだ、そうだ！」と、メクサン。

「よし、じゃ行《い》こうぜ」と、ウードが言《い》った。「ぼくがレフェリーをやってやる」

「きみがレフェリーだって？」と、リュフュスが言《い》った。「笑《わら》わせないでくれ。どうしてきみがレフェリーで、ほかの者《もの》ではだめなんだ？」

「早《はや》くしようぜ」と、ジョアキムが言《い》った。「こんなことでもめてる場合《ばあい》じゃない。休《やす》み時間《じかん》がもうすぐ終《お》わっちゃうぞ」

「ちょっと待《ま》った」と、ジョフロワが言《い》った。「レフェリーは、ものすごく大事《だいじ》だ。ぼくは、いいレフェリーがいないなら、勝負《しょうぶ》をやめる」

「ぼくもやめる」と、ぼくが言《い》った。「ジョフロワの言《い》うとおりだ」

「わかった、わかったよ」と、リュフュスが言《い》った。「それじゃ、レフェリーはぼくだ」

これがウードは気《き》に入《い》らなかった。リュフュスは、ボクシングのことをなにもわかっちゃいない、リュフュスはボクサーがビンタでやり合《あ》うと思《おも》っているぐらいだからな、とウードが言《い》った。

「ぼくのビンタはきみの鼻《はな》パンチとおなじぐらい効《き》くぜ」と、リュフュスは言《い》って、バシッと、ウードの顔《かお》にビンタをおみまいした。

ウードのほうは、怒《いか》り爆発《ばくはつ》。こんなウードはいままで見《み》たことがなかったな。それで、ウードはリュフュスと勝負《しょうぶ》をはじめ、リュフュスの鼻《はな》の頭《あたま》をねらったが、リュフュスもさる者《もの》、逃《に》げ回《まわ》り、それがいっそうウードをいきり立《た》たせ、ウードはリュフュスに向《む》かい、ひきょう者《もの》となじった。

「やめろ！　やめないか！」と、アルセストがさけんだ。「休《やす》み時間《じかん》が、もうすぐ終《お》わってしまう！」

「こら、デブちん、よけいな口《くち》を出《だ》すな」と、メクサンが言《い》った。

すると、アルセストは、ぼくに食《た》べかけのクロワッサンをもっているように頼《たの》むと、メクサンと勝負《しょうぶ》をはじめた。これにはぼくもびっくりしたな。だって、アルセストはいつもなら、とくにクロワッサンを食《た》べているときは、ごたごたするのは好《す》きじゃないからね。

なにがあったかというと、アルセストのママがアルセストにやせ薬《ぐすり》をのませたので、それ以来《いらい》、アルセストは「デブちん」と言《い》われるのが、とてもいやなんだよ。アルセストとメクサンの勝負《しょうぶ》に気《き》を取《と》られていたので、ジョアキムがなぜクロテールにキックを入《い》れた

のか、ぼくにはわからなかった。昨日《きのう》、クロテールがジョアキムからビー玉《だま》をたくさんせしめたからかもしれない。

気《き》がつくと、クラスメートたちがあちこちで勝負《しょうぶ》していて、それは見《み》ものだった。ぼくは、アルセストのクロワッサンを食《た》べはじめ、ジョフロワにもひとかけ分《わ》けてやった。

そうしていると、ブイヨンがかけつけてきて、恥《はじ》を知《し》りなさい。どういうことになるのかわかっているのかと言《い》いながら、みんなを引《ひ》きはなしてから、休《やす》み時間《じかん》の終《お》わりの鐘《かね》を鳴《な》らしに行《い》った。

「それ見《み》たことかい」と、アルセストが言《い》った。「さっき、ぼくが言《い》ったただろ？　ぼくらがふざけたせいで、ジョフロワとニコラが勝負《しょうぶ》する時間《じかん》がなくなったじゃないか！」

ブイヨンが、休《やす》み時間《じかん》の出来事《できごと》を先生《せんせい》に話《はな》したので、先生《せんせい》はすごく怒《おこ》って、クラス全員《ぜんいん》に居残《いのこ》りの罰《ばつ》をあたえた。だけど、アニャンとジヨフロワとぼくは罰《ばつ》を受《う》けず、先生《せんせい》は、この三人《にん》は小《ちい》さな野蛮人《やばんじん》である残《のこ》りの人《ひと》たちのお手本《てほん》ですと言《い》った。

「鐘《かね》が鳴《な》るとは、きみも運《うん》がよかったな」と、ジョフロワが言《い》った。「ぼくはどうしてもきみと勝負《しょうぶ》したかったたんだぜ」

「笑《わら》わせないでくれ、このうそつき野郎《やろう》」と、ぼくはジョフロワにやり返《かえ》した。

「もう一度《いちど》、言《い》ってみな!」と、ジョフロワ。

「このうそつき野郎《やろう》!」と、ぼくはジョフロワに、もう一度《いちど》、言《い》ってやった。

「わかった。つぎの休《やす》み時間《じかん》に、けりをつけようぜ」と、ジョフロワ。

「いいとも」と、ぼく。

読者《どくしゃ》のみんなも知《し》ってのとおり、こんなことは二度《にど》も言《い》う必要《ひつよう》なんかない。ぼくはやると言《い》ったらやるぞ。うそじゃないよ、こんちくしょうめ!

King

オタマジャクシのキング

アルセスト、ウード、リュフュス、クロテール、それからほかのクラスメートたちとみんなで、オタマジャクシをとりに行《い》くことにした。
ぼくらがよく遊《あそ》びに行《い》く公園《こうえん》に、きれいな池《いけ》があるんだ。そして、池《いけ》の中《なか》には、オタマジャクシがいる。オタマジャクシは小《ちい》さな生《い》き物《もの》だけど、大《おお》きくなったら、カエルになる。
ぼくらはそのことを学校《がっこう》で教《おそ》わった。

でも、クロテールは、オタマジャクシを知《し》らないんだ。クロテールは、授業中《じゅぎょうちゅう》に先生《せんせい》のお話《はなし》をほとんどきいていないからね。それで、ぼくたちがクロテールに説明《せつめい》してやった。

家《いえ》にあったジャム用《よう》の広口《ひろくち》びんをもって、管理人《かんりにん》さんに見《み》られないようにうんと気《き》をつけながら、ぼくは公園《こうえん》の中《なか》に入《はい》った。りっぱな口《くち》ひげをたくわえている公園《こうえん》の管理人《かんりにん》さんは、ステッキのような棒《ぼう》とホイッスルをもっている。それは、おまわりさんをしているリュフュスのパパがもっているのとおなじようなホイッスルで、ぼくらは管理人《かんりにん》さんによくしかられるんだ。

この公園《こうえん》には、禁止事項《きんしじこう》がいっぱいある。たとえば、芝生《しばふ》の上《うえ》を歩《ある》くこと、木《き》に登《のぼ》ること、花《はな》をつむこと、自転車《じてんしゃ》に乗《の》ること、サッカーで遊《あそ》ぶこと、紙《かみ》くずをすてること、それからけんかをすることなどだ。でもね、それでもぼくらは楽《たの》しく遊《あそ》ぶんだよ。

ウード、リュフュス、クロテールが、広口《ひろくち》のびんをもって、もう池《いけ》のへりにきていた。最後《さいご》にやってきたのはアルセストで、なんでも家《いえ》には、からっぽのジャムびんが見《み》あたらず、新《あたら》しいのを平《たい》らげてきたらしいんだ。顔《かお》じゅうがジャムだらけのアルセストだったけど、とてもごきげんだった。管理人《かんりにん》さんがいなかったので、ぼくらはさっそくオタマジャクシをとりにかかった。

オタマジャクシをとるのは、とてもむずかしい。池《いけ》のへりに腹《はら》ばいになり、びんを水《みず》の中《なか》に入《い》れ、泳《およ》いでいるオタマジャクシをすくうんだけど、オタマジャクシはどうしたってびんの中《なか》に入《はい》ろうとしないんだよ。

一番先《いちばんさき》にオタマジャクシをつかまえたのは、クロテールだった。もうクロテールは得意満面《とくいまんめん》だった。だって、どんなことにしても、クロテールは一番《いちばん》になることがめったにないからね。それから、とうとうぜんいんがオタマジャクシを手《て》に入《い》れた。

アルセストはまだオタマジャクシをとっていなかっ

たんだけど、オタマジャクシとり名人《めいじん》のリュフュスが二匹《ひき》つかまえていたので、小《ちい》さいほうのオタマジャクシを分《わ》けてあげたんだ。

「それで、このオタマジャクシをどうするの？」と、クロテールがきいた。

「決《き》まってるじゃないか」と、リュフュスが教《おし》えてやった。「家《いえ》にもって帰《かえ》って、オタマジャクシが大《おお》きくなるのを待《ま》つんだ。すると、オタマジャクシはカエルになるから、そしたらかけっこをさせるのさ。カエルのかけっこは、おもしろいぞ！」

「それにさ」と、ウードが言《い》った。「カエルは、役《やく》に立《た》つぞ。こいつは小《ちい》さなはしごを登《のぼ》って、競馬《けいば》の天気《てんき》の予想《よそう》をしてくれるんだ！」

「それに」と、アルセストも言《い》った。「カエルのもも肉《にく》のにんにく料理《りょうり》は、ものすごくおいしいんだよ」。そう言《い》って、アルセストは自分《じぶん》のオタマジャクシを見《み》つめながら、舌《した》なめずりをした。

それから管理人《かんりにん》さんがやってくるのが見《み》えたので、ぼくらは走《はし》って公園《こうえん》を出《で》た。通《とお》りを歩《ある》きながら、ぼくはびんの中《なか》のオタマジャクシを見《み》ていた。とてもかわいいんだよ。このオタマジャクシはよく動《うご》きまわるので、かならず、すごいカエルになる、とぼくは思《おも》った。きっとどんな競走《きょうそう》でも勝《か》つだろうな。

ぼくはオタマジャクシに、キングという名前《なまえ》をつけた。それは先週《せんしゅう》の木曜日《もくようび》に、カウボーイ映画《えいが》で見《み》た白《しろ》い馬《うま》の名前《なまえ》だ。とても速《はや》く走《はし》る馬《うま》で、カウボーイが口笛《くちぶえ》を吹《ふ》くとやってくる。オタマジャクシがカエルになったら、いろんな芸《げい》を教《おし》えてやり、口笛《くちぶえ》を吹《ふ》いたら、ぼくのところへやってくるようにするんだ。

家《いえ》に帰《かえ》ると、ぼくを見《み》たママは悲鳴《ひめい》を上《あ》げた。

「まあ、自分《じぶん》がどんなふうになっているのか、見《み》てごらんなさい！　ずぶぬれで、おまけにあちこち泥《どろ》だらけじゃないの！　いったい、なにをしてきたの？」

ぼくが清潔《せいけつ》でないのは、ママの言《い》うとおりだった。池《いけ》の中《なか》に両腕《りょううで》をつっ込《こ》んだとき、シャツのそでをまくるのを忘《わす》れていたんだ。

「そのびんは、なあに？」と、ママがきいた。「びんの中《なか》にいるのは、なんなの？」

「キングだよ」と、オタマジャクシを見《み》せながら、ぼくはママに説明《せつめい》した。「キングはカ

エルになるし、ぼくが口笛《くちぶえ》を吹《ふ》けばとんでくるし、それから天気《てんき》を教《おし》えてくれるし、かけっこにも勝《か》つんだよ！」

ママは、鼻《はな》すじにしわをよせてしかめっ面《つら》をした。

「そんなきたないものを！」と、ママが大《おお》きな声《こえ》で言《い》った。「なんども言《い》ってるでしょ。きたないものを、家《いえ》の中《なか》にもち込《こ》んじゃだめよって？」

「オタマジャクシはきたなくないよ」と、ぼくは言《い》った。「とってもきれいだよ。ずっと水《みず》の中《なか》にいたんだから。ぼくはキングに、芸《げい》を仕込《しこ》むつもりなんだよ！」

「あら、ちょうどパパのお帰《かえ》りよ」と、ママが言《い》った。「パパがなんと言《い》うか、お楽《たの》しみね！」

そしてびんを見《み》たパパは、「おや！　オタマジャクシじゃないか」と言《い》って、ひじ掛《か》けいすにすわって新聞《しんぶん》を読《よ》みはじめた。すると、ママがすごくむくれたんだ。

「おっしゃりたいのは、それだけですか？」と、ママがパパを問《と》いつめた。「わたしはこの子《こ》がこの家《いえ》に、どんなものでも、きたならしい生《い》き物《もの》をもち込《こ》むのをがまんできません！」

「でもね！」と、パパが言《い》った。「オタマジャクシなら、そんなにやっかいなものでもないしね……」

「あら、そうですか、よくわかりました」と、ママが言《い》った。「もうけっこうです！　わたしの気持《きも》ちが、どうでもいいとおっしゃるなら、もうなにも申《もう》しません。でも、ひとつだけ、あなたに言《い》っておきますが、オタマジャクシをとるか、わたしをとるかですよ！」

そして、ママはキッチンへ行《い》ってしまった。

パパは、ひとつ大《おお》きなため息《いき》をつき、新聞《しんぶん》をたたんだ。

「ママを追《お》っ払《ぱら》うなんてできないよね、ニコラ」と、パパが言《い》った。「オタマジャクシを追《お》っ払《ぱら》わなくちゃならないなあ」

ぼくは泣《な》きはじめ、キングにひどいことをしちゃいやだ。ぼくらはもう切《き》っても切《き》れないともだちなんだと言《い》った。

パパは、ぼくを両腕《りょううで》にだきしめた。

「坊《ぼう》や、よくきくんだよ」と、パパが言《い》った。「このちっちゃなオタマジャクシにも、カエルのママがいるんだよ。わかるだろ。そしてカエルのママは、子《こ》どもがいなくなってとても悲《かな》しんでいるにちがいない。もしおまえがびんに入《い》れられ、つれて行《い》かれたら、ママはどんなに悲《かな》しむだろうね。カエルにとっても、それはおなじなんだ。

だから、おまえがどうしたらいいか、わかるね？　パパとふたりで、オタマジャクシを、もとの場所《ばしょ》にもどしてやろうじゃないか。そうしておいて、日曜日《にちようび》に、おまえはキングに会《あ》いに行《い》けばいい。その帰《かえ》りには、板《いた》チョコを買《か》ってあげるよ」

ちょっと考《かんが》えてから、ぼくは、わかった、それならいい、と答《こた》えた。

すると、パパはキッチンへ行《い》き、笑《わら》いながらママに、ぼくらはママの言《い》うとおりにして、オタマジャクシを追《お》っ払《ぱら》うことに決《き》めたと言《い》った。ママも笑《わら》って、ぼくにキスをし、今夜《こんや》はケーキを作《つく》るわねと言《い》った。ぼくはとてもうれしくなった。

公園《こうえん》に着《つ》くと、びんを手《て》にもっているパパを、ぼくは池《いけ》のへりにつれて行《い》った。

「ここだよ」と、ぼくが言《い》った。それから、ぼくはキングにさよならを言《い》い、パパがびんの水《みず》ごとオタマジャクシを池《いけ》にもどした。

ぼくらが引《ひ》き上《あ》げようと、後《うし》ろをふり向《む》いたとき、目《め》をまんまるくした公園《こうえん》の管理人《かんりにん》さんが木《き》のかげから出《で》てくるのが見《み》えた。

「あんたがたがおかしいのか、それともこのわしがおかしくなってしまったのか、わからないがね」と、管理人《かんりにん》さんが言《い》った。「きょうは、さっきのおまわりさんも入《い》れて、あんたが七人目《にんめ》だ。そろいもそろって、この池《いけ》のこの場所《ばしょ》に、びんの水《みず》を捨《す》てにきたもんだ」

L'appareil de photo 

メメがくれたカメラ

ちょうど学校《がっこう》へ行《い》こうとしたとき、郵便屋《ゆうびんや》さんがぼくあての小包《こづつみ》をとどけてくれた。メメ（おばあちゃん）からのプレゼントだった。それは、カメラだった！　ぼくのメメは、世界《せかい》で一番《いちばん》気前《きまえ》のいい人《ひと》なんだ！

「きみのママは、とんでもない思《おも》いつきをするもんだ」と、パパがママにこぼした。「これは、子《こ》どもがもらうプレゼントじゃないよ」

ママは気分《きぶん》を悪《わる》くして、わたしのママ（というのはメメのことだ）がすることは、なんでもあなたの気《き》に入《い》らないのね。子《こ》どもの前《まえ》でそんなふうに言《い》うのはいいことじゃないわ。だってこれはすばらしいプレゼントなんですもの、と言《い》った。

ぼくがカメラを学校《がっこう》へもって行《い》っていいかきいたら、それはいいけれど、学校《がっこう》でとり上《あ》げられないように注意《ちゅうい》してねと、ママが念《ねん》をおした。

パパは肩《かた》をすぼめてから、ぼくといっしょに説明書《せつめいしょ》を読《よ》み、使《つか》い方《かた》を教《おし》えてくれた。使《つか》い方《かた》は、とてもかんたんだった。

授業中《じゅぎょうちゅう》に、ぼくは、となりにすわっているアルセストにカメラを見《み》せた。ぼくは休《やす》み時《じ》間《かん》にアルセストの写真《しゃしん》をとってあげる、と言《い》った。

すると、アルセストは後《うし》ろをふり向《む》いて、ぼくらの後《うし》ろの席《せき》にいるウードとリュフュスにそのことを話《はな》した。それをまたふたりがジョフロワに知《し》らせ、ジョフロワは紙《かみ》きれに書《か》いてメクサンへおくり、メクサンはその紙《かみ》きれをジョアキムにわたし、ジョアキムがいねむりをしていたクロテールをおこした。

そのとき、先生《せんせい》が、

「ニコラ！　先生《せんせい》がいま言《い》ったことを、くり返《かえ》しなさい」と言《い》った。

そこで、立《た》ち上《あ》がったけど、ぼくは泣《な》き出《だ》してしまった。だって、先生《せんせい》が話《はな》しているあ

いだ、ぼくはカメラの小《ちい》さな窓《まど》から、アルセストをのぞくのにむちゅうだったので、先生《せんせい》がなにを話《はな》していたのかわからなかったんだ。

「机《つくえ》の下《した》にあなたがかくしているのはなんです？」と、先生《せんせい》がきいた。先生《せんせい》がぼくらを「あなた」と呼《よ》ぶときは、ごきげんが悪《わる》いときなんだ。

ぼくが泣《な》きつづけていると、先生《せんせい》がやってきてカメラを見《み》つけ、とり上《あ》げてしまった。

それから、あなたは0点《てん》です、とぼくに言《い》った。

するとアルセストが「ついてないね」と言《い》ったので、先生《せんせい》はアルセストにもおなじように0点《てん》をあたえ、そして、授業中《じゅぎょうちゅう》にものを食《た》べるのはやめなさい、と注意《ちゅうい》した。これには、ぼくも笑《わら》ってしまった。だって、ほんとうに、アルセストはしょっちゅうなにか食《た》べているんだもの。

「先生《せんせい》、ぼくは先生《せんせい》の言《い》われたことを、くり返《かえ》して言《い》えます」と、アニャンが言《い》った。アニャンはクラスの一番《いちばん》で、先生《せんせい》のお気《き》に入《い》りだ。そのまま授業《じゅぎょう》はつづけられた。

休《やす》み時間《じかん》の鐘《かね》が鳴《な》ると、先生《せんせい》は、みんなが出《で》て行《い》ったあとに、ぼくを残《のこ》して、

「ねえ、ニコラ、あなたに意地悪《いじわる》をしているわけじゃないのよ。あれがすてきなプレゼントだってことは、わかっているわ。だから、約束《やくそく》してね。いい子《こ》にして、教室《きょうしつ》ではふざけないで、よく勉強《べんきょう》するって、約束《やくそく》してちょうだい。そしたら、さっきの0点《てん》はなしにして、カメラも返《かえ》してあげます」と言《い》った。

ぼくが、かたく約束《やくそく》すると、先生《せんせい》はカメラを返《かえ》してくれ、校庭《こうてい》へ行《い》ってみんなと遊《あそ》びなさい、と言《い》った。つまりね、先生《せんせい》は、とても、とても、とても、やさしいんだよ！

校庭《こうてい》におりて行《い》くと、クラスメートたちがぼくをとりまいた。

「きみが出《で》てくるとは思《おも》わなかったな」と、バターつきプチパンを食《た》べながら、アルセストが言《い》った。

「おや、先生《せんせい》がカメラを返《かえ》してくれたんだ！」と、ジョアキム。

「返《かえ》してもらったよ。さあ、写真《しゃしん》をとろう。みんな集《あつ》まって」とぼくが言《い》うと、みんなはひとかたまりになって、ぼくの前《まえ》にならんだ。アニャンまでがやってきた。

ひとつ問題《もんだい》があった。説明書《せつめいしょ》には、被写体《ひしゃたい》とカメラのあいだに四歩《ほ》の距離《きょり》をとると書《か》い

てあったけど、ぼくはまだ足《あし》がみじかいんだ。そこで、メクサンが、ぼくのかわりに四歩《ほ》をはかってくれた。メクサンは、ひざ小僧《こぞう》が大《おお》きくて汚《よご》れているけど、とても足《あし》が長《なが》いんだよ。距《きょ》離《り》をはかってから、メクサンは、みんなの中《なか》にもどった。

ぼくは、小《ちい》さな窓《まど》をのぞいて、みんながうつるかどうかたしかめた。ウードの顔《かお》が見《み》えなかったのは、背《せ》が高《たか》すぎるからだ。それとアニャンは、からだの半分《はんぶん》が右《みぎ》のほうにはみ出《だ》していた。それに、アルセストの顔《かお》がサンドイッチでかくれているのは残《ざん》念《ねん》だった。アルセストは、食《た》べるのをやめなかったんだよ。

みんなニコニコしていた。はい、パチリ！　と、ぼくは写真《しゃしん》をとった。きっと、きれいにうつっているぞ！

「すごいなあ、きみのカメラ」と、ウードが言《い》った。

「そうでもないさ」と、ジョフロワがケチをつけた。「ぼくの

家《いえ》には、パパが買《か》ったもっとすごいカメラがあるぞ。フラッシュもあるんだぜ」

みんな笑《わら》いはじめた。だって、ジョフロワは、ほんとに、口《くち》から出《で》まかせを言《い》うからね。

「そのフラッシュって、なんなんだよ？」と、ぼくがきいた。

「きまってるじゃないか。花火《はなび》みたいにピカッと光《ひか》る電球《でんきゅう》だよ。夜《よる》でも写真《しゃしん》がとれるんだぞ」と、ジョフロワ。

「うそつき、きみは大《おお》うそつきだ！」と、ぼく。

「横《よこ》っ面《つら》をひっぱたくぞ」と、ジョフロワ。

すると、アルセストが、「よし、ニコラ。よかったらカメラをあずかってやるぜ」と言《い》った。

そこで、ぼくは、気《き》をつけてくれと言《い》いながら、カメラをアルセストにあずけた。なにしろアルセストの手《て》はバターだらけ

なので、手《て》をすべらせて、カメラを落《お》としてしまうかもしれないから、心配《しんぱい》だったんだけどね。

ジョフロワとぼくがけんかをはじめると、ブイヨン（ぼくらの生徒《せいと》指《し》導《どう》の先生《せんせい》だけど、ブイヨンというのはほんとの名前《なまえ》じゃない）がとぶようにやってきて、ぼくらを引《ひ》きはなした。

「いったい、なにごとだね？」と、ブイヨンがきいた。

「ニコラのカメラには、夜《よる》うつすときのための花火《はなび》がついていないので、ジョフロワとけんかになりました」と、アルセストが説明《せつめい》した。

「ものを口《くち》に入《い》れたまましゃべってはいかん」と、ブイヨンは言《い》った。「いったいカメラって、なんのことだね？」

すると、アルセストは、カメラをブイヨンにわたしてしまった。ブイヨンは、これは没《ぼっ》収《しゅう》しないといけない、と言《い》った。

「わあ、だめです、先生《せんせい》、だめです！」と、ぼくは大声《おおごえ》を上《あ》げた。

「よろしい、それなら返《かえ》してあげよう」と、ブイヨンが言《い》った。「わたしの目《め》をよく見《み》なさい。いい子《こ》にして、もうけんかなぞしちゃいかんよ。わかったかね?」

ぼくは、わかりましたと答《こた》え、それから、写真《しゃしん》をとっていいかどうか、ブイヨンにきいた。

ブイヨンは、とてもおどろいた顔《かお》をした。

「わたしの写真《しゃしん》をとろうというのかね?」と、ブイヨンがきいた。

「はい、そうです、先生《せんせい》」と、ぼくが答《こた》えると、ブイヨンはニコニコしたけど、そんなときはとてもやさしそうに見《み》えるんだ。

「ふ、ふ、ふ。よろしいとも。でも、大《おお》いそぎでたのむ。もうすぐ休《やす》み時間《じかん》の終《お》わりの鐘《かね》を鳴《な》らさなくちゃならんからね」

すると、ブイヨンは、校庭《こうてい》のまん中《なか》に、直立不動《ちょくりつふどう》になり、左手《ひだりて》をポケットに入《い》れ、右手《みぎて》をおなかにあ

て、片足《かたあし》を前《まえ》に出《だ》し、どこか遠《とお》いところをじっと見《み》つめた。メクサンがぼくのかわりに四歩《ほ》をはかってくれた。小《ちい》さな窓《まど》からのぞくと、ブイヨンはとてもおもしろいかっこうをしていた。パチリ！と、ぼくは写真《しゃしん》をとり、ブイヨンは鐘《かね》を鳴《な》らしに行《い》った。

夕方《ゆうがた》、パパが会社《かいしゃ》から帰《かえ》ってくると、ぼくはパパに、ママといっしょに写真《しゃしん》をとってあげると言《い》った。

「あのね、ニコラ、パパはとてもつかれているんだよ。さあさあ、そのカメラをしまって、パパに新聞《しんぶん》を読《よ》ませておくれ」と、パパが言《い》うと、ママは、

「パパは、やさしくないのね。どうしてニコラに合《あ》わせてやれないの。写真《しゃしん》をとらせてやれば、この子《こ》にとってもすばらしい思《おも》い出《で》になるんですよ」ととりなした。

パパは大《おお》きなため息《いき》をつき、ママのそばに腰《こし》かけ、ぼくは六枚《まいのこ》残っていたフィルムをぜんぶうつした。ママはぼくにキスをして、ぼくはママの専属《せんぞく》カメラマンだと言《い》った。

よく日《じつ》、パパは現像《げんぞう》してもらうために、フィルムをもって行《い》った。写真《しゃしん》ができるまで、二、三日《にち》かかった。ぼくは、とても待《ま》ち遠《どお》しかったけど、ようやく、ゆうべ、パパが写真《しゃしん》

をもって帰《かえ》ってきた。

「クラスメートやおひげの先生《せんせい》のは、上出来《じょうでき》だね……」と、パパは言《い》った。「家《いえ》の中《なか》でうつした写真《しゃしん》は暗《くら》すぎるけど、でもね、これが一番《いちばん》おもしろいんだ！」

ママがくると、パパは笑《わら》いながら、

「ほら、見《み》てごらん、きみの息子《むすこ》の目《め》は甘《あま》くないよ」と言《い》って、写真《しゃしん》を見《み》せた。

すると、ママは写真《しゃしん》をとり上《あ》げて、さあ食事《しょくじ》の時間《じかん》ですよ、と言《い》った。

ぼくがとった写真《しゃしん》を見《み》て、なぜママの考《かんが》えが変《か》わったのか、ぼくにはどうしてもわからない。いまでは、ママは、パパの考《かんが》えが正《ただ》しいわね。これは小《ちい》さな子《こ》どもがもらうおもちゃじゃないわ、と言《い》うんだよ。そして、ママは、ぼくのカメラをタンスの上《うえ》に上《あ》げてしまったんだ。

Le football

サッカー（ダービーマッチ、試合前《しあいまえ》）

ぼくは、クラスメートたちと空《あ》き地《ち》にきていた。ウード、ジョフロワ、アルセスト、アニャン、リュフュス、クロテール、メクサン、それにジョアキムだ。

読者《どくしゃ》のみんなに、ぼくのクラスメートたちのことを話《はな》したかどうか忘《わす》れたけど、空《あ》き地《ち》のことを話《はな》したのはおぼえているよ。この空《あ》き地《ち》はすごいんだ。ねこはいるし、缶《かん》づめの空《あ》き缶《かん》や、石《いし》っころや、木《き》のきれっぱしや、自動車《じどうしゃ》まであるんだ。

自動車《じどうしゃ》にはタイヤがないけど、ぼくらは楽《たの》しく遊《あそ》べるんだ。「ブルンブルン」とエンジンをかけたり、バスごっこや飛行機《ひこうき》ごっこもするし、とにかく最高《さいこう》なんだ！

でも、きょうは、自動車《じどうしゃ》で遊《あそ》ぶためにきたんじゃない。みんなでサッカーをやりにきたんだ。サッカーボールをもっているのはアルセストだけど、ゴールキーパーをさせるという約束《やくそく》で、かしてもらうことになった。なぜって、アルセストは走《はし》るのが苦手《にがて》だからね。

パパが大金《おおがね》もちのジョフロワは、赤《あか》、白《しろ》、青《あお》の三色《しょく》（フランス国旗《こっき》の色《いろ》）のジャージ、赤《あか》いベルトつきの白《しろ》い半《はん》ズボン、ロングソックス、すね当《あ》て、それにスパイク・シューズといういでたちだった。

すね当《あ》てが必要《ひつよう》なのは、むしろ、ほかのなかまなんだ。だって、ジョフロワは、ラジオのサッカー中継《ちゅうけい》でアナウンサーのおじさんがよく言《い》うような、ラフ・プレーヤー（らんぼうな選手《せんしゅ》）だからね。スパイク・シューズをはいているから、なおさらなんだよ。

ぼくらのチームのフォーメーションは、もう決《き》まっていた。アルセストはゴールキーパー、ウードとアニャンがバックだった。ウードがいると、安心《あんしん》だ。だって、ウードはとても力《ちから》もちで、みんなにこわがられているからね。それにウードも、もうれつなラフ・プレーヤーなんだよ。

アニャンは、けがをするといけないので、バックにおいた。アニャンは、メガネをかけていて、すぐ泣《な》くから、突《つ》き飛《と》ばしたり、たたいたりできないからだ。

ミッドフィルダーは、リュフュスとクロテールとジョアキムだ。この三人《にん》はぼくら、フォワードにパスを出《だ》さないといけない。

フォワードは三人《にん》だけ（当時《とうじ》のフォーメーションではフォワードは五人《にん》）。それはチームの人数《にんずう》が足《た》りないからだけど、ぼくらは強力《きょうりょく》なんだよ。まず、メクサン、ひざ小僧《こぞう》が大《おお》きくてよごれているけど、足《あし》が長《なが》いのでとても速《はや》く走《はし》る。それからぼくは「バン」！とすごいシュートを打《う》つ。そしてジョフロワ、なにしろスパイクシューズをはいているからね。

チームのフォーメーションが決《き》まって、ぼくらは大満足《だいまんぞく》だった。

「やろうぜ！　やろうぜ！」と、メクサンが大声《おおごえ》を出《だ》した。

「パスだ！　パスを出《だ》せ！」と、ジョアキムがさけんだ。

ぼくらが大笑《おおわら》いしたところで、ジョフロワがきいた。

「へい、みんな！　いったいだれとやるんだい？　相手《あいて》になるチームがいないと、試合《しあい》ができないぜ」

ジョフロワの言《い》うことはまったくそのとおりだった。どれだけボールをパスしても、ゴールを決《き》める相手《あいて》がいなければ、ぜんぜんおもしろくない。ぼくは、チームをふたつに分《わ》けることをていあんした。

だけど、クロテールが、「チームを分《わ》けるって？　ぜったいだめだね！」と言《い》った。それにまた、カウボーイごっこをやるときとおんなじで、だれも敵《てき》になりたがらないんだよ。

そのとき、ほかの学校《がっこう》の生徒《せいと》たちが、空《あ》き地《ち》にやってきた。ぼくらは、この学校《がっこう》のれんちゅうが好《す》きじゃない。こいつらは、だれもかれも、まぬけぞろいだ。こいつらもよく空《あ》き地《ち》にくるけど、決《き》まってぼくらとけんかになる。だって、ぼくらが空《あ》き地《ち》はこっちのものだと言《い》うと、こいつらも自分《じぶん》たちのものだと言《い》って、大《おお》もめにもめるんだ。

だけど、きょうは、このれんちゅうを見《み》かけて、ぼくらはむしろうれしくなった。

「おい、きみたち、ぼくらとサッカーをやらないか？　サッカーボールがあるんだ」と、ぼくが話《はな》しかけた。

「きみたちとサッカーだって？　笑《わら》わせるない！」と、赤毛《あかげ》のやせっぽちが答《こた》えた。その赤毛《あかげ》は、先月《せんげつ》まっ赤《か》になったクラリスおばさんの髪《かみ》の毛《け》のようだったけど、ママの説明《せつめい》によると、クラリスおばさんは髪《かみ》の毛《け》を美容院《びよういん》で赤《あか》くそめたんだって。

「サッカーをやろうというのが、なにがおかしいんだい？　このまぬけやろう」と、リュフュスがきいた。

「なにがおかしいって、そりゃ、おまえにビンタをくらわせてやるからさ！」と、赤毛《あかげ》がやり返《かえ》した。

「さっさとここから、出《で》て行《い》くんだな」と、相手《あいて》の出《で》っ歯《ぱ》の上級生《じょうきゅうせい》が言《い》った。「だいいち、この空《あ》き地《ち》はぼくらのものだ！」

アニャンは帰《かえ》りたがったが、ぼくらは向《む》こうの言《い》うとおりにはならなかった。

「いやですね、ムッシュー」と、クロテールが言《い》い返《かえ》した。「この空《あ》き地《ち》は、ぼくらのものだ。ははん、さてはきみたち、サッカーの試合《しあい》をするのが怖《こわ》いんだな。ぼくらは、最強《さいきょう》（フォルミダブル）のチームだからな！」

「最弱《さいじゃく》（フォル・ミナブル）だろうが！」と、出《で》っ歯《ぱ》の上級生《じょうきゅうせい》が言《い》うと、あいつらはみんな笑《わら》いはじめ、ぼくもつられて笑《わら》ってしまった。だって、おもしろいだじゃれだったからね。

すると、ウードが、だまって立《た》っていた相手《あいて》の下級生《かきゅうせい》の鼻先《はなさき》に一発《いっぱつ》

くらわせた。だけど、この下級生《かきゅうせい》が出《で》っ歯《ば》の上級生《じょうきゅうせい》の弟《おとうと》だったので、大《おお》ごとになった。

「もう一ぺん、やってみろ」と、出《で》っ歯《ば》の上級生《じょうきゅうせい》がウードにくってかかった。

「おまえ少《すこ》しおかしいんじゃないか？」と、鼻《はな》をおさえながら、下級生《かきゅうせい》が言《い》った。すると、ジョフロワがクラリスおばさんの髪《かみ》とおなじ色《いろ》の赤毛《あかげ》のやせっぽちにキックを入《い》れた。

ぼくらはみんなが入《い》り乱《みだ》れてのけんかになり、アニャンひとりが、「メガネだよ！　ぼくはメガネをかけているよ！」と、泣《な》きながら、さけんでいた。とてもおもしろかったけど、そのときパパがかけつけてきた。

「おまえたちが騒《さわ》いでいる声《こえ》が、家《いえ》まできこえているぞ。うるさいじゃないか！」と、パパが大声《おおごえ》で言《い》った。

「こら、ニコラ。いま何時《なんじ》だと思《おも》っているんだ？」

それからパパは、ぼくとビンタで勝負《しょうぶ》していたでぶっちょの首《くび》すじをつかまえた。

「はなせよ」と、まぬけのでぶっちょがさけんだ。「はなさなきゃ、ぼくのパパを呼《よ》ぶぞ。パパは税務署《ぜいむしょ》の役人《やくにん》なんだ。ものすごい税《ぜい》金《きん》をかけるように言《い》ってやるぞ！」

パパは、まぬけのでぶっちょから手《て》をはなして、言《い》った。

「いいから、もうやめなさい！　時間《じかん》もおそくなった。きみたちのパパやママも心配《しんぱい》しているにちがいない。それに、だいいち、どうしてけんかなんかしているんだい？　きみたち、もっとなかよく遊《あそ》べないのかい？」

そこで、ぼくが説明《せつめい》した。

「この子《こ》たちが、ぼくらとサッカーをするのを、怖《こわ》がったからな

んだよ！」

「怖《こわ》がったって？　ぼくらが、怖《こわ》がった？　このぼくらが怖《こわ》がったってのか？」と、出《で》っ歯《ぱ》の上級生《じょうきゅうせい》がどなった。

「よし、わかった！」と、パパが言《い》った。「それで、怖《こわ》くないなら、どうして試合《しあい》をやらないのかな？」

「それは、こいつらが最弱《さいじゃく》（フォル・ミナブル）だからさ。そういうことさ」と、まぬけのでぶっちょが言《い》った。

「最弱《さいじゃく》（フォル・ミナブル）だって？」と、ぼくが言《い》い返《かえ》した。「メクサンとぼくとジョフロワと、ぼくらほどのフォワードがかい？　笑《わら》わせるんじゃないよ。」

「ジョフロワだって？」と、パパが言《い》った「ジョフロワは、バックのほうがいいと思《おも》うね。ジョフロワがそれほど足《あし》が速《はや》いかどうか、わからないからね」

「ちょっと待《ま》って」と、ジョフロワが言《い》った。「ぼくはスパイク・シューズをはいているし、ユニフォームもバッチリでしょ、だから……」

「それで、ゴールキーパーは？」と、パパがきいた。

みんながチームのフォーメーションを説明《せつめい》すると、パパは、なかなかいいじゃないか、だけど練習《れんしゅう》をしなければならない。ついてはパパがコーチをしてあげよう、と言《い》った。

じつは、パパはシャントクレ青少年《せいしょうねん》クラブで右《みぎ》のフォワードをやっていて、もう少《すこ》しで国際代表選手《こくさいだいひょうせんしゅ》にえらばれるところだったし、もし結婚《けっこん》していなかったら、国際《こくさい》マッチに出《で》ていただろう、と言《い》うんだよ。そんなこと、ぼくはちっとも知《し》らなかった。すごいんだな、ぼくのパパは。

「それじゃあ」とパパは、よその学校《がっこう》の生徒《せいと》たちにきいた。

「きみたち、つぎの日曜《にちよう》、わたしのチームとのマッチを受《う》けるかね？　わたしがレフェリーをしてあげるから」

「だめ、だめ。受《う》けっこないよ。びびっているんだから」と、メクサンがさけんだ。

「ちがいますね、ムッシュー、だれもびびってなんかいないぜ」と、赤毛《あかげ》のやせっぽちが言《い》い返《かえ》した。「日曜日《にちようび》に、マッチを受《う》けてやろう。キックオフは三時《じ》だ。どんなことになるか、まあ見《み》ていなよ！」

そして、よその学校《がっこう》のれんちゅうは引《ひ》き上《あ》げた。

パパは、ぼくらといっしょに残《のこ》り、ぼくらに練習《れんしゅう》をさせはじめた。パパはボールをもつと、アルセストにシュートを打《う》った。つぎにアルセストにかわって、パパがゴールキーパーになり、こんどはアルセストがシュートを打《う》った。それから、ぼくらにパスの出《だ》し方《かた》を教《おし》えてくれた。パパがボールをけりながら言《い》った。

「さあ、クロテール！　パスを出《だ》すぞ！」

ところが、そのボールはそれて、アニャンの顔面《がんめん》を直撃《ちょくげき》した。メガネがぶっとんだアニヤンは、わっと泣《な》き出《だ》した。そこへ、ママがやってきた。

「いったい、なにをしてらっしゃるの？　あなたには、坊《ぼう》やをつれもどしに行《い》ってもらったのですよ。なかなか帰《かえ》らないので、晩《ばん》ご飯《はん》がすっかり冷《さ》めてしまったわよ！」

すると、パパはまっ赤《か》になり、ぼくの手《て》をつかんで、

「さあ、ニコラ、帰《かえ》ろう！」と言《い》った。

そこで、みんながいっせいにさけんだ。

「それじゃ、こんどの日曜日《にちようび》に！　フレーフレー、ニコラのパパ！」

家《いえ》に帰《かえ》ると、食事《しょくじ》のあいだじゅう、ママはくすくす笑《わら》っていた。お塩《しお》をパパにとってもらうときにも、「あたしにパスして！　コパ（当時《とうじ》の人気選手《にんきせんしゅ》）！」なんて言《い》っていた。

ママたちは、スポーツのことはなにも知《し》らないんだ。でも、そんなことはたいしたことじゃない。問題《もんだい》は、こんどの日曜日《にちようび》だ、きっとおもしろくなるぞ！

Ire mi-temps

サッカー（ダービーマッチ前半戦《ぜんはんせん》）

1

きのう、午後《ごご》、空《あ》き地《ち》グラウンドにおいて、サッカーの試合《しあい》が、よその学校《がっこう》のチームとニコラのパパのひきいるチームのあいだでおこなわれた。

ニコラのパパのチームのフォーメーションは、

ゴールキーパー、アルセスト

センターバック、ウードとクロテール

ミッドフィルダー、ジョアキム、リュフュス、アニャン

ライトウィング、ニコラ
センターフォワード、ジョフロワ
レフトウィング、メクサン
レフェリーは、ニコラのパパ。

2

お気《き》づきのように、フォワードが三名《めい》しかいない。これは人数不足《にんずうふそく》のためで、ニコラのパパはやむをえず、カウンターアタックを中心《ちゅうしん》とした作戦《さくせん》（それも、練習終了《れんしゅうしゅうりょう》ちょくぜんになってまとめられたもの）をとることになった。

有名《ゆうめい》なフォンテーン選手《せんしゅ》に比《ひ》すべき攻撃的資質《こうげきてきししつ》をもつニコラと、かのビアントニ選手《せんしゅ》を思《おも》わせる戦術《せんじゅつ》のカ

ンと鋭《するど》さをあわせもつメクサンが、ジョフロワにボールを集《あつ》めなければならないだろう。有名選手《ゆうめいせんしゅ》を連想《れんそう》させる資質《ししつ》にこそ欠《か》けるものの、ジョフロワはセンターフォワードたるに不足《ふそく》のない長所《ちょうしょ》、すなわちサッカー選手《せんしゅ》のユニフォーム一式《いっしき》を、そろえもっているのだから。

3

午後《ごご》三時《じ》四十分《ぶん》、キックオフ。

試合開始《しあいかいし》一分《ぷん》、味方《みかた》ゴール前《まえ》の混戦《こんせん》から、敵《てき》のレフトウイングがゴールキーパーの真正面《ましょうめん》に強烈《きょうれつ》なシュート。アルセストは必死《ひっし》にダイビングして、ボールの直撃《ちょくげき》をまぬがれる。

けれども、このゴールは認《みと》められなかった。試合前《しあいまえ》の両《りょう》チームのキャプテンによる握手《あくしゅ》がおこなわれていなかったことを、レフェリーが思《おも》い出《だ》したからだ。

4

五分経過《ふんけいか》。

グラウンドの中央《ちゅうおう》でプレーが展開《てんかい》されているときに、一ぴきの犬《いぬ》がアルセストのおやつをパクリと食《た》べてしまった。おやつは、紙《かみ》を三枚《まい》かさね、ひもを三本《ぼん》かけてあったのにである（犬《いぬ》が食《た》べたのは、アルセストではない、おやつである）。この出来事《できごと》のために、ゴールキーパーはすっかりやる気《き》をなくしてしまった（ゴールキーパーにとって、やる気《き》がどれほど大切《たいせつ》か、だれもが知《し》るとおりである）。

あんのじょう、アルセストは七分《ふん》に最初《さいしょ》のゴールをゆるしてしまった。

5

そして、八分《ぶん》に二点目《てんめ》のゴール……。

九分《ふん》、キャプテンのウードは、アルセストのポジションをレフトウィングに変更《へんこう》し、メクサンをゴールキ

ーパーに起用《きよう》した（われわれの見《み》るところ、この作戦《さくせん》は失敗《しっぱい》だ。というのも、アルセストはその性格《せいかく》からして、攻撃《こうげき》の中核《ちゅうかく》をになうよりは、むしろ攻撃的《こうげきてき》ミッドフィルダーなのだから）。

6

十四分《ぷん》。

グラウンドをはげしい雨《あめ》がおそったので、ほとんどの選手《せんしゅ》は、ものかげに走《はし》って雨《あめ》をさけたが、ひとり残《のこ》った敵《てき》の選手《せんしゅ》に対《たい》するべく、ニコラがグラウンドに残《のこ》った。この時《じ》間帯《かんたい》は、双方《そうほう》とも無得点《むとくてん》。

7

二十分《ぷん》。

トップ下《した》か、レフトウィングのポジションにいたジョフロワが（ポジションはどっちだってかまわないが）、強烈《きょうれつ》なキックで敵《てき》のボールをクリアした。

8

おなじく二十分《ぷん》。

シャボさんは、かぜをひいたおばあさんのおみまいに行《い》くところだった。

9

ボールの直撃《ちょくげき》を受《う》けグラッときたシャボさんは、ここ二十年間《ねんかん》も仲《なか》たがいしているシャドフ

オーさんの家《いえ》にとび込《こ》んでしまった。

10

シャボさんは、だれも知《し》らない通路《つうろ》から空《あ》き地《ち》に侵入《しんにゅう》、まさにスローインされようとしていたボールを奪《うば》いとった。

11

両《りょう》チーム、あっけにとられているあいだに五分経過《ふんけいか》（試《し》合《あい》は二十五分《ふん》に入《はい》る）、きゅうきょ、ボールのかわりに空《あ》きかんをつかって、ゲーム再開《さいかい》。

二十六分《ぷん》、二十七分《ふん》、二十八分《ぷん》と、アルセストがみごとなドリブルで、たてつづけに三ゴールを決《き》める（たとえ空《あ》きかんであるにせよ、特上《とくじょう》グリンピースのかんをアルセストから奪《うば》うことは不可能《ふかのう》なのだ）。このハットトリックで、ニコラのチームが三対《たい》二と逆転《ぎゃくてん》した。

12

三十分《ぷん》。

シャボさんがボールを返《かえ》しにきた（おばあさんの容態《ようたい》はよくなっていて、シャボさんはごきげんだったのだ）。空《あ》きかんは、もういらなくなったので、すてられた。

13

三十一分《ぷん》。

相手《あいて》ディフェンスを抜《ぬ》いたニコラが、レフトウィングのポジションにい

たリュフュスに合《あ》わせ、センタリング（しかし、もともとレフトウィングはいないわけだから、リュフュスはセンターフォワードのポジションにいたわけだ）、リュフュスはクロテールにパス。するとクロテールは左足《ひだりあし》でシュートを打《う》ったが、これがあろうことか、レフェリーのみぞおちに命中《めいちゅう》した。

レフェリーは息《いき》もたえだえで、両《りょう》チームのキャプテンを呼《よ》び、空《そら》がくもってきて、にわか雨《あめ》がきそうだし、空気《くうき》も冷《ひ》えてきたので、この後半戦《こうはんせん》は来週《らいしゅう》の日曜日《にちようび》にもちこしたい、とていあんした。

IIe mi-temps
サッカー
（ダービーマッチ後半戦《こうはんせん》）

1

つぎの日曜日《にちようび》までのあいだ、毎日《まいにち》のように、ニコラのパパとクラスメートのパパたちが、電《でん》

話《わ》で連《れん》らくを取《と》りあい、その結果《けっか》、チームのフォーメーションが、がらりとかわった。ウードがレフトウィングに入《はい》り、ジョフロワはバックにさがった。

パパたちの作戦会議《さくせんかいぎ》が開《ひら》かれ、たくさんの戦術《せんじゅつ》が用意《ようい》された。基本戦略《きほんせんりゃく》としては、ゲーム開始早々《かいしそうそう》に一点《てん》をとる。その後《ご》は守《しゅ》備《び》をかためつつ、カウンターアタックでもう一点《てん》をねらうことになった。

もし子《こ》どもたちが、この指示《しじ》に忠実《ちゅうじつ》にしたがうなら、現在《げんざい》三対《たい》二のところへ二点《てん》がくわわるのだから、ニコラたちのチームは、五対《たい》二でゲームに勝利《しょうり》するはずだ。

パパたち（ニコラのパパ、ニコラのクラスメートのパパたち、相手《あいて》の学校《がっこう》のパパたち）は、ぜんいんグラウンドに集合《しゅうごう》し、熱狂的《ねっきょうてき》な雰囲気《ふんいき》のなか、午後《ごご》四時《じ》三分《ぷん》に、ゲームが再《さい》開《かい》された。

2

グラウンドには、パパたちの声《こえ》ばかりがひびきわたり、これが選手《せんしゅ》たちの神経《しんけい》をいら立《だ》たせた。

最初《さいしょ》の数分間《すうふんかん》には、たいしたことはおこらなかった。ただ、リュフュスのシュートが、メクサンのパパの背中《せなか》に命中《めいちゅう》したことと、クロテールがパスを失敗《しっぱい》したので、パパから平手打《ひらてう》ちをくらったことだけだ。

ちょうどこのときキャプテンだったジョアキムが（すべての選手《せんしゅ》が、五分《ふん》ずつキャプテンをつとめることになっていた）、グラウンドからパパたちに退場《たいじょう》してもらうように、レフェリーに要求《ようきゅう》した。

クロテールは、平手打《ひらてう》ちがショックで、ポジションについていることができないと、つけくわえた。クロテールのパパは、それなら自分《じぶん》がかわりに出《で》る、と言《い》い出《だ》した。すると、相手《あいて》の学校《がっこう》の選手《せんしゅ》たちが抗議《こうぎ》して、こちらもパパたちにかわってもらうと主張《しゅちょう》した。

3

歓喜《かんき》に身体《からだ》をふるわせながら、パパたちは全員《ぜんいん》、オーバー、上着《うわぎ》、マフラー、帽子《ぼうし》をぬぎ、子《こ》どもたちに、あまり近《ちか》よるな。あぶないぞ。おまえたちにボールのあつかい方《かた》を見《み》せてやるよ。などと言《い》いながらグラウンドにとび出《だ》した。

4

ニコラのクラスメートのパパたちとよその学校《がっこう》のパパたちのゲームの最初《さいしょ》の数分間《すうふんかん》で、息子《むすこ》たちはサッカーの試合運《しあいはこ》びのコツを、すぐにのみ込《こ》んでしまった。

5

そこで、みんなでクロテールの家《いえ》に行《い》き、テレビの《日曜《にちよう》スポーツ特集番組《とくしゅうばんぐみ》》を見《み》ることで意見《いけん》が一致《いっち》した。

6

ほとんど無風《むふう》のコンディションであったにもかかわらず、得点力《とくてんりょく》を証明《しょうめい》せんとするあまり、両軍選手《りょうぐんせんしゅ》ともに、力《ちから》まかせにボールをけり合《あ》うかたちで、ゲームは展開《てんかい》した。

十六分《ぶん》、相手《あいて》の学校《がっこう》のパパが、味方《みかた》のパパに猛《もう》スピードのパスを送《おく》るが、実際《じっさい》に、そのパスを受《う》けたのは敵方《てきがた》ジョフロワのパパだった。ジョフロワのパパはパパで、さらに強烈《きょうれつ》なパスをけった。すると、そのボールは、木箱《きばこ》や空《あ》きかんや鉄《てつ》くずの山《やま》に命中《めいちゅう》し、ふくらませすぎた風船《ふうせん》がわれるような、ものすごい音《おと》がきこえた。しかし、ボールをつきさして、はみ出《だ》しているゼンマイバネのせいで、パンクしたにもかかわらず、ボールは、はずみつづけていたのである。

三分間《ぷんかん》の話《はな》し合《あ》いのあと、ボールのかわりに空《あ》きかん（どうして空《あ》きかんで、悪《わる》いことがあろうか？）をつかって、ゲームは再開《さいかい》された。

7

三十六分《ぷん》。

バックを守《まも》っていたリュフュスのパパは、自分《じぶん》の上《うわ》くちびるをめがけて回転《かいてん》しながらとんできた空《あ》きかんを、受《う》けとめた。ただし、リュフュスのパパが手《て》をつかったので、レフェリー（ニコラのパパ

はフォワードのポジションについていたので、相手《あいて》の学《がっ》校《こう》のパパのお兄《にい》さんがやっていた）は、ハンドのペナルティーを認《みと》め、ホイッスルを吹《ふ》いた。
多《おお》くの選手《せんしゅ》たち（ニコラのパパとニコラのクラスメートのパパたちぜんいん）の抗議《こうぎ》にもかかわらず、ペナルティー・キックが認《みと》められた。ゴールをまもっていたクロテールのパパは、空《あ》きかんをセーブすることができず、ものすごくくやしがった。
これで相手《あいて》の学校《がっこう》のパパたちは追《お》いつき、試合《しあい》は三対《たい》三の同点《どうてん》となった。

8

ゲーム終了《しゅうりょう》まで、残《のこ》すところあと数分《すうふん》となった。

パパたちは、もしゲームに負《ま》けると、息子《むすこ》たちが自分《じぶん》たちをどのようにむかえるだろうかと、心配《しんぱい》になっていた。それまでも見《み》られたものではなかったゲームは、さらに輪《わ》をかけてお粗末《そまつ》なものとなっていった。

相手《あいて》チームのパパたちは、守備《しゅび》をかためた。両足《りょうあし》でおさえつけ、空《あ》きかんを奪《うば》われない作戦《さくせん》に出《で》た。

そのときとつぜん、一瞬《いっしゅん》の隙《すき》をついて、ふだんは警官《けいかん》であるリュフュスのパパが、空《あ》きかんをうばい、ぬけ出《だ》した。相手《あいて》チームのふたりのパパを、ドリブルでかわし、ゴールキーパーとフリーで一対《たい》一になると、冷静《れいせい》にシュートを打《う》ち、空《あ》きかんをゴールにつきさしたのだ。

かくして、ニコラとニコラのクラスメートのパパたちは、四対《たい》三のスコアで、この激戦《げきせん》をものにしたのであった。

9

ゲーム終了後《しゅうりょうご》に撮影《さつえい》した、勝利《しょうり》チームの記念写真《きねんしゃしん》。

後列左《こうれつひだり》より、メクサン、リュフュス（最高殊勲選手《さいこうしゅくんせんしゅ》）、ウード（左目《ひだりめ》を負傷《ふしょう》）、ジョフロワ、アルセストのパパ。前列左《ぜんれつひだり》より、ジョアキム、クロテール、ニコラ（ウードのパパと接触《せっしょく》、左目《ひだりめ》を負傷《ふしょう》）、およびアニャンのパパ。

Le musée des peintures

美《び》術《じゅつ》館《かん》見《けん》学《がく》

きょう、ぼくはとてもごきげんなんだ。絵《え》を鑑賞《かんしょう》するために、先生《せんせい》がクラスぜんいんを美術館《びじゅつかん》につれて行《い》ってくれるからだ。こんなふうに、みんなそろって、学校《がっこう》から出《で》かけるのは、とても楽《たの》しみなんだよ。先生《せんせい》はとってもやさしいんだけど、残念《ざんねん》なことに、ぼくらをつれてどこかに行《い》くことはめったにないからね。

学校《がっこう》から美術館《びじゅつかん》まで、ぼくらはバスで行《い》くことになっていた。学校《がっこう》の前《まえ》にバスを止《と》められないので、ぼくらは道路《どうろ》を横断《おうだん》しなければならない。それで先生《せんせい》は、「二列《れつ》になって手《て》をつなぎなさい。ようく注意《ちゅうい》するんですよ！」と、ぼくらに言《い》った。

でも、ぼくは、手《て》をつなぐのがいやだった。ぼくが手《て》をつなぐのはアルセストだけど、とてもふとっちょで、しょっちゅうなにか食《た》べているともだちだ。ぼくはアルセストが大《だい》好《す》きだけど、手《て》をつなぐとなると、あまり気持《きも》ちのいいものじゃないんだよ。だって、アルセストの手《て》はいつでも、ベトベトしているか、ネバネバしている。それは、そのときアルセストが食《た》べている物《もの》によってちがうんだ。

きょう、ぼくは運《うん》が良《よ》かった。アルセストの手《て》は、さらさらしていた。

「アルセスト、なにを食《た》べているの？」とぼくがきいたら、

「ビスケット」と、ビスケットの粉《こな》をぼくの顔《かお》に吹《ふ》きかけながら、アルセストが答《こた》えた。

先生《せんせい》とならんで、一番前《いちばんまえ》にいるのはアニャンだった。アニャンはクラスの成績《せいせき》が一番《いちばん》で、先生《せんせい》のお気《き》に入《い》りだ。ぼくらは、どうにもアニャンは虫《むし》が好《す》かない。だけど、アニャンはメガネをかけているので、思《おも》いきりぶつことができないんだ。

「前《まえ》へ進《すす》め！」とアニャンが号令《ごうれい》をかけ、おまわりさんが車《くるま》を止《と》めているあいだに、ぼくらは道路《どうろ》を横断《おうだん》しはじめた。

とつぜん、アルセストがぼくの手《て》をはなし、すぐにもどるよ。キャラメルを教室《きょうしつ》においてきちゃった、と言《い》った。列《れつ》をかきわけて、アルセストが逆《ぎゃく》もどりをはじめたので、ちょっとした混乱《こんらん》がおこった。

「どこへ行《い》くのです？　アルセスト」と、先生《せんせい》が大《おお》きな声《こえ》できいた。「すぐもとにもどりなさい！」

「そうだ、アルセスト、どこに行《い》くんだい？　すぐにもとにもどれよ！」と、アニャンも

大《おお》きな声《こえ》で言《い》った。

アニャンがそんなふうに、先生《せんせい》の口《くち》まねをしたのが、ウードの気《き》にさわった。ウードはとても力《ちから》もちで、みんなの鼻《はな》の頭《あたま》にパンチをおみまいするのが大好《だいす》きなんだ。

「やい、ひいきのひのこ！　よけいな口出《くちだ》しをするな。鼻《はな》の頭《あたま》を一発《いっぱつ》ぶんなぐってやろうか」と言《い》いながら、ウードはアニャンに近《ちか》づこうとした。

アニャンは先生《せんせい》の後《うし》ろにかくれて、ぼくはメガネをかけているから、ぼくをなぐるのはいけないんだ、と言《い》った。

とても背《せ》が高《たか》いので列《れつ》の後《うし》ろのほうにいたウードは、それでもみんなをおしのけて、アニャンにせまろうとした。アニャンからメガネをとり上《あ》げ、鼻《はな》の頭《あたま》にパンチをおみまいするつもりなんだよ。

「ウード、自分《じぶん》の列《れつ》にもどりなさい！」と、先生《せんせい》がさけんだ。

「そうだよ、ウード、自分《じぶん》の列《れつ》にもどりなさい！」と、アニャンも言《い》った。

そのとき、おまわりさんが声《こえ》をかけた。

「みなさんのじゃまをする気《き》はないが、交通《こうつう》を止《と》めてから、もうかなりの時間《じかん》がたっとる。なんだね、横断歩道《おうだんほどう》の上《うえ》で授業《じゅぎょう》をするつもりなら、わたしとしてはだね、車《くるま》の列《れつ》に学校《がっこう》を通《とお》り抜《ぬ》けさせることになるがね！」

ぼくらは、そうなったらおもしろい見《み》ものだと思《おも》ったけど、顔《かお》がまっ赤《か》になった先生《せんせい》の、バスに乗《の》りなさいという口《くち》ぶりで、もうふざけていてはいけないとわかった。ぼくらはすぐにバスに乗《の》った。

バスが動《うご》き出《だ》すと、おまわりさんは、止《と》めていた自動車《じどうしゃ》の列《れつ》に、通行許可《つうこうきょか》の合図《あいず》をした。そのとたん、急《きゅう》ブレーキの音《おと》と悲鳴《ひめい》がきこえた。キャラメルの箱《はこ》を手《て》にもったアルセストが、横断歩道《おうだんほどう》につっ込《こ》んだんだよ。

やっとのことで、アルセストはバスに乗《の》り込《こ》み、ぼくらはほんとうに出発《しゅっぱつ》することができた。バスが街《まち》かどをまがる前《まえ》に、おまわりさんが、衝突《しょうとつ》した自動車《じどうしゃ》と自動車《じどうしゃ》のあいだの地面《じめん》に白《しろ》い警棒《けいぼう》をなげるのが見《み》えた。

ぼくらはきちんと整列《せいれつ》し、おとなしく美術館《びじゅつかん》に入《はい》った。だって、ぼくらは先生《せんせい》が大好《だいす》きだし、その先生《せんせい》が、パパがタバコの灰《はい》をカーペットの上《うえ》に落《お》としたときのママみたいに、とてもイライラしているように見《み》えたからね。

ぼくらは、壁《かべ》にたくさんの絵《え》がかかっている大《おお》きな部屋《へや》に入《はい》った。

「これらは、フランドル派《は》の巨匠《きょしょう》たちが制作《せいさく》した古典絵画《こてんかいが》（十五世紀《せいき》～十七世紀《せいき》）ですよ」と、先生《せんせい》が説明《せつめい》した。でも先生《せんせい》の説明《せつめい》は、長《なが》くはつづけられなかった。というのも、美術《びじゅつ》館《かん》の監視員《かんしいん》さんがかけつけてきて、大声《おおごえ》で注意《ちゅうい》したからだ。

アルセストが、絵《え》の具《ぐ》がかわいているかどうか確《たし》かめようと、指《ゆび》で絵《え》をこすっていたんだよ。監視員《かんしいん》さんが、絵《え》に手《て》をふれてはいけないと言《い》うと、アルセストと監視員《かんしいん》さんは、言《い》い合《あ》いになった。アルセストは、絵《え》はとてもよくかわいているから、さわってもだいじょうぶ。ぼくの手《て》がよごれる心配《しんぱい》はない、と言《い》った。先生《せんせい》は、アルセストにおとなしくするように注意《ちゅうい》し、ぼくらの行動《こうどう》をよく見張《みは》ります、と監視員《かんしいん》さんに約束《やくそく》した。すると、監《かん》視員《しいん》さんは、頭《あたま》をふりふり出《で》て行《い》った。

先生《せんせい》が絵《え》の説明《せつめい》をしているあいだに、ぼくらはスケートごっこをした。美術館《びじゅつかん》の床《ゆか》はタ

イル張《ば》りで、よくすべるから、とてもおもしろいんだよ。ぼくらに背《せ》を向《む》けて絵《え》の説明《せつめい》をしている先生《せんせい》と、そのすぐ横《よこ》で、説明《せつめい》をきき、メモをとっているアニャンのほかは、みんなが遊《あそ》んでいた。ただ、アルセストはそうじゃなかった。

アルセストは、魚《さかな》とビフテキとくだものがかかれた小《ちい》さな絵《え》に、くぎ付《づ》けになっていた。アルセストは舌《した》なめずりをしながら、絵《え》を見《み》つめていたんだよ。

ぼくらは、とても楽《たの》しく遊《あそ》んでいた。ウードは、スケートごっこでもすごかった。大《おお》きな部屋《へや》のほとんどはしからはしまでするんだ。

スケートごっこのあとは、馬《うま》とびがはじまった。だけど、これはすぐにやめなければならなかった。というのも、アニャンがふり向《む》いて、「見《み》てください！　先生《せんせい》、みんなは遊《あそ》んでいます！」と言《い》ったからだ。

ウードは、頭《あたま》にきて、アニャンに向《む》かって行《い》った。メガネをふくために、はずして手《て》にもっていたから、アニャンはそれに気《き》づかなかった。アニャンも、よくよくついていなかったね。もしメガネをかけていれば、鼻《はな》の頭《あたま》に一発《いっぱつ》くらうこともなかったのだから。

監視員《かんしいん》さんがやってきて、先生《せんせい》に、みなさんはもうお帰《かえ》りになったほうがいいのではありませんか、と声《こえ》をかけた。先生《せんせい》は、そうしましょう、わたしもうんざりしているのです、と答《こた》えた。

そして、ぼくらが美術館《びじゅつかん》を出《で》ようとしたとき、アルセストが監視員《かんしいん》さんのところに行《い》った。すっかり気《き》に入《い》った魚《さかな》とビフテキとくだものの絵《え》を小《こ》わきにかかえたアルセストは、この絵《え》を買《か》いたいと申《もう》し出《で》た。アルセストは、監視員《かんしいん》さんがどのくらいの値段《ねだん》をつけるか知《し》りたかったんだって。

ぼくらが美術館《びじゅつかん》を出《で》たとき、ジョフロワが先生《せんせい》に、絵《え》がお好《す》きなら、ぼくの家《いえ》にきてください。パパとママは、みんながうわさをするようなすばらしいコレクションをもっています、と言《い》った。先生《せんせい》は顔《かお》に手《て》をあて、わたしはもうこんりんざい絵《え》なんか見《み》たくありません。誰《だれ》かが絵《え》の話《はなし》をするのをききたくもありません、と言《い》った。

それで、ぼくにはよくわかったんだ。クラスのみんなと美術館《びじゅつかん》ですごした今日《きょう》一日《にち》、先《せん》生《せい》がどうしてあんなにふきげんだったのか。

とどのつまり、先生《せんせい》は絵《え》がきらいなんだね。

Le défilé

楽《たの》しきかな、分列行進《ぶんれつこうしん》

学校《がっこう》がある地区《ちく》に銅像《どうぞう》が立《た》てられ、ぼくらはそのお祝《いわ》いの分列行進《ぶんれつこうしん》をすることになった。けさ、授業中《じゅぎょうちゅう》に校長先生《こうちょうせんせい》が教室《きょうしつ》に入《はい》ってきて、そのお話《はなし》があった。ぼくらは、みんな起立《きりつ》したけど、クロテールはいねむりをしていて立《た》たなかったので、罰《ばつ》を受《う》けた。

クロテールはおこされて、木曜日《もくようび》（休校日《きゅうこうび》）に登校《とうこう》する罰《ばつ》を受《う》けたときかされると、ものすごくおどろいて、いきなり泣《な》きはじめ、その泣《な》き声《こえ》がやかましかった。ぼくが思《おも》うに、クロテールはそのままねかせておいたほうがよかったんだよ。

「みなさん」と、校長先生《こうちょうせんせい》が言《い》った。「この記念式典《きねんしきてん》には、政府《せいふ》を代表《だいひょう》するかたがたが出《しゅっ》席《せき》されますし、歩兵《ほへい》一個中隊《こちゅうたい》が敬意《けいい》を表《ひょう》することになっています。本校《ほんこう》の生徒諸君《せいとしょくん》は、記《き》念像《ねんぞう》の前《まえ》で分列行進《ぶんれつこうしん》をし、ジェルブ（花束《はなたば》）をささげる栄誉《えいよ》にあずかる特権《とっけん》があるのであります。わたくしは、みなさんに期待《きたい》しております。みなさんが、小《しょう》なりとはいえ真《しん》の男《だん》子《し》として、行動《こうどう》することを望《のぞ》むものであります」

さらに、校長先生《こうちょうせんせい》は、上級生《じょうきゅうせい》たちはすぐに分列行進《ぶんれつこうしん》の練習《れんしゅう》をはじめ、ぼくらはそのあと、午前《ごぜん》の最後《さいご》の時間《じかん》に練習《れんしゅう》すると、説明《せつめい》した。

午前《ごぜん》のおしまいの授業《じゅぎょう》は、文法《ぶんぽう》の時間《じかん》だった。みんな、それが分列行進《ぶんれつこうしん》の練習《れんしゅう》に変《か》わるのは、すばらしいと思《おも》った。ぼくらは、ものすごくうれしかった。

校長先生《こうちょうせんせい》が出《で》て行《い》くと、クラスの全員《ぜんいん》がいっせいにしゃべり出《だ》したので、先生《せんせい》は長定規《ながじょうぎ》で机《つくえ》をたたき、算数《さんすう》の授業《じゅぎょう》をつづけた。

文法《ぶんぽう》の時間《じかん》になり、先生《せんせい》がぼくらを校庭《こうてい》に出《だ》すと、校長先生《こうちょうせんせい》とブイヨンが待《ま》っていた。ブイヨンは、ぼくらの生徒指導《せいとしどう》の先生《せんせい》だけど、ぼくらはあだ名《な》でブイヨンと呼《よ》ぶんだ。なぜかというと、先生《せんせい》はいつも、「わたしの目《め》をよく見《み》なさい」というのが口《くち》ぐせで、ブイヨン・スープには油《あぶら》の目玉《めだま》が浮《う》いているからだよ。でも、読者《どくしゃ》のみんなには、もう前《まえ》に一度《ど》、話《はな》したことがあるよね。

「さあ！　デュボン先生《せんせい》、問題《もんだい》の生徒《せいと》たちがきましたぞ」と、校長先生《こうちょうせんせい》が言《い》った。「さきほど上級生《じょうきゅうせい》たちを指導《しどう》したみごとなお手なみで、この子《こ》たちにも立派《りっぱ》な分列行進《ぶんれつこうしん》ができるように教《おし》えてください。期待《きたい》しておりますぞ」

校長先生《こうちょうせんせい》にデュボン先生《せんせい》とよばれたブイヨンは、ニコニコしながら、自分《じぶん》は陸軍下士官《りくぐんかしかん》でありましたから、この生徒《せいと》たちに規律《きりつ》のみならず統制《とうせい》と歩調《ほちょう》をとった歩《ある》き方《かた》も教《おし》えましょう、とうけ合《あ》った。

「校長先生《こうちょうせんせい》、わたしの手《て》にかかれば、この子《こ》たちも見《み》ちがえるようになりますよ」とブイヨンが言《い》うと、

「ほんとうに、そうなればいいですね」と、校長先生《こうちょうせんせい》は答《こた》え、ひとつ大《おお》きなため息《いき》をついて、校庭《こうてい》をあとにした。

「えへん、さて」と、ブイヨンが言《い》った。「分列行進《ぶんれつこうしん》をおこなうには、まず先頭《せんとう》に立《た》つ者《もの》

を決《き》めなくてはならん。先頭《せんとう》の人《ひと》が気《き》をつけの姿勢《しせい》をとる。そして
みんなは、それに合《あ》わせて列《れつ》を作《つく》る。ふつう、背《せ》の一番高《いちばんたか》い者《もの》が先頭《せんとう》にえらばれる。わかったかね？」

それから、ブイヨンはぼくらを見《み》まわしてから、メクサンを指《ゆび》さし、

「きみだ、きみが先頭《せんとう》をやりなさい」と言《い》った。

すると、ウードがだまっていなかった。

「そんなの、まちがいです。メクサンが一番背《いちばんせ》が高《たか》いというのはちがいます。メクサンは、とっても足《あし》が長《なが》いので、そう見《み》えるだけです。ほんとうは、ぼくのほうがメクサンより背《せ》が高《たか》いです」

「ふざけるない」と、メクサンもだまっていなかった。「もちろん、ぼくのほうがきみより背《せ》が高《たか》いぜ。それにきのう家《いえ》をたずねてきたアルベルトおばさんも、またぼくの背《せ》がのびたと言《い》っていた。ぼく

は、ぐんぐん大《おお》きくなっているんだぞ」

「かけるか？」と、ウードがきくと、メクサンもいいともと答《こた》え、ふたりは背中合《せなかあ》わせに立《た》ち、高《たか》さをくらべようとした。だけど、どっちが勝《か》ったのかわからなかった。

というのも、ブイヨンが大声《おおごえ》で、そんなことはどうでもいいから、三列《れつ》にならぶようにと言《い》ったからだ。ぼくらが三列《れつ》にならぶのには、ずいぶん時間《じかん》がかかった。

ようやく、列《れつ》ができ上《あ》がると、ブイヨンがぼくらの前《まえ》に立《た》った。ブイヨンは片目《かため》をとじ、手《て》で合図《あいず》しながら、指示《しじ》を出《だ》した。

「きみ！　すこし左《ひだり》へ。ニコラは右《みぎ》へ、きみは左《ひだり》によりすぎだ。きみ！　きみは右《みぎ》によりすぎだぞ！」

ここで、ぼくらはどっと笑《わら》った。右《みぎ》によっていると言《い》われたのはアルセストのことだったけど、とてもふとっているアルセストは、

二列《れつ》にまたがってしまうんだよ。整列《せいれつ》が終《お》わると、ブイヨンは、ほっとしたようすで、両《りょう》手《て》をすり合《あ》わせてから、ぼくらに背中《せなか》を向《む》けて、号令《ごうれい》をかけた。

「小隊《しょうたい》！　前《まえ》へ……」

「先生《せんせい》、ジェルブ（花束《はなたば》）ってなんですか？」と、リュフュスがきいた。「校長先生《こうちょうせんせい》が、銅像《どうぞう》の前《まえ》にささげると言《い》ってましたけど。」

「ブーケ（花束《はなたば》）のことだよ」と、アニャンが言《い》った。アニャンは、ちょっとおかしいよ。成績《せいせき》がクラスで一番《いちばん》だし、先生《せんせい》のお気《き》に入《い》りなので、なんでもかんでも口出《くちだ》しできるとうぬぼれているんだ。

「整列中《せいれつちゅう》は、しゃべっちゃいかん！」と、ブイヨンがさけんだ。「小隊《しょうたい》、前《まえ》へ、進《すす》め……」

「先生《せんせい》」と、こんどはメクサンが大《おお》きな声《こえ》を出《だ》した。「ウードがつま先歩《さきある》きをしています。背《せ》を高《たか》く見《み》せようとしているんです。インチキです！」

「この告《つ》げ口《ぐち》小僧《こぞう》め」と、言《い》うが早《はや》いか、ウードがメクサンの鼻《はな》の頭《あたま》にパンチをおみまいすると、すかさずメクサンはウードにキックをお返《かえ》しした。これを見《み》て、ぼくらはさっとふたりをとりかこんだ。というのも、ウードとメクサンが勝負《しょうぶ》をするとなると、クラスの強《つよ》い者《もの》どうしだから、これは見《み》ものなんだよ。

ブイヨンは大声《おおごえ》を出《だ》しながらかけよって、ウードとメクサンを引《ひ》きはなし、ふたりに木《もく》曜日《ようび》に登校《とうこう》する罰《ばつ》をあたえた。

「やっぱり、あれはブーケ（花束《はなたば》）だ！」と、メクサンが言《い》った。

「いいや、アニャンの言《い》うように、ジェルブ（花束《はなたば》）だよ」と、クロテールが言《い》い返《かえ》して、笑《わら》い出《だ》したので、ブイヨンはクロテールにも、木曜日《もくようび》に登校《とうこう》する罰《ばつ》をあたえた。クロテールはもうこの罰《ばつ》を受《う》けていたけど、もちろん、ブイヨンはそのことを知《し》らなかったんだね。

ブイヨンは、考《かんが》えごとをするように、顔《かお》に右手《みぎて》をあて、それからぼくらを整列《せいれつ》させようとしたけど、それはかんたんにできるはずがなかった。だってぼくらは、あちこちで騒《さわ》ぎまわっていたからだ。

すると、ブイヨンがぼくらをじっとにらみつけたので、これはもうふざけているときではない、とぼくらも思《おも》った。そして、ブイヨンが後《あと》ずさりしたとき、後《うし》ろからきていたジヨアキムの足《あし》を踏《ふ》んづけた。

「気《き》をつけてください！」とジョアキムが言《い》った。

「きみはどこへ行《い》っていたんだ？」と、まっ赤《か》になったブイヨンは大声《おおごえ》できいた。

「メクサンとウードが勝負《しょうぶ》をしているあいだに、水《みず》を飲《の》みに行《い》っていました。もっと長《なが》いことやり合《あ》うだろうと思《おも》ってました」と、ジョアキムは説明《せつめい》したけど、ブイヨンはジョアキムにも、木曜日《もくようび》の登校《とうこう》の罰《ばつ》をあたえ、列《れつ》にもどるように言《い》った。

「わたしの目《め》をよく見《み》なさい」と、ブイヨンが言《い》った。「いいかね、これからは、最初《さいしょ》に、しゃべったり、動《うご》いたり、なにかしたものは、退学処分《たいがくしょぶん》とする！　わかったかな？」

そして、ブイヨンは前《まえ》を向《む》き、片手《かたて》を高《たか》くあげ、号令《ごうれい》をかけた。

「小隊《しょうたい》！　前《まえ》へ……進《すす》め！」

そして、ブイヨンは背《せ》すじをピンとのばして二、三歩《ぼ》歩《ある》いたけど、すぐに後《うし》ろをふり返《かえ》った。ぼくらがもとの場所《ばしょ》にじっとしているのを見《み》たときのブイヨンときたら、どうかしてしまったんじゃないかと思《おも》うような顔《かお》つきになった。この前《まえ》の日曜《にちよう》に、パパが垣根越《かきねご》しにホースで水《みず》をかけてしまったときの、おとなりのブレデュールさんの形相《ぎょうそう》にそっくりだった。

「なぜ、わたしのあとについてこないのか？」と、ブイヨンはどなった。

「だって、いま、動《うご》くなと言《い》ったでしょ」と、ジョフロワが答《こた》えた。

それで、ブイヨンは、すごいことになった。

「おまえたち、このわたしに、まったくやってくれるもんだ！　おまえたち、そんなに痛《いた》い目《め》にあいたいのか！　このろくでなし！　ならず者《もの》どもめ！」と、ものすごい剣幕《けんまく》でまくし立《た》てたので、大《おお》ぜいが泣《な》きはじめ、校長先生《こうちょうせんせい》がかけつけてきた。

「デュボン先生《せんせい》、校長室《こうちょうしつ》まであなたの声《こえ》がきこえましたよ。それが、幼《おさな》い子《こ》どもたちにたいする口《くち》のきき方《かた》ですかな？　いまはもう、あなたは軍隊《ぐんたい》にいるのではありませんぞ」

「軍隊《ぐんたい》ですと？」と、ブイヨンが大声《おおごえ》でまくし立《た》てた。「わたしは狙撃隊《そげきたい》の軍曹《ぐんそう》だったが、言《い》うなれば、狙撃兵《そげきへい》なんぞは聖歌隊《せいかたい》の少年《しょうねん》だね。このれんちゅうにくらべたら、狙撃兵《そげきへい》なんて、まったく聖歌隊《せいかたい》の少年《しょうねん》みたいなもんだ！」

「まあまあ、デュボン、ねえきみ、まあ少し、気《き》を落《お》ちつけて！」と話《はな》しかける校長先生《こうちょうせんせい》をしたがえるようにして、ブイヨンはさかんに身ぶり手ぶりをまじえながら、校庭《こうてい》から出《で》て行《い》った。

銅像《どうぞう》の除幕式《じょまくしき》は、とても華《はな》やかなものだった。でも、校長先生《こうちょうせんせい》が考《かんが》えを変《か》えたので、ぼくらの分列行進《ぶんれつこうしん》は、とり止《や》めになっていた。ぼくらは、兵隊《へいたい》さんたちの後《うし》ろのほうで、階《かい》段席《だんせき》に腰《こし》かけて見物《けんぶつ》したんだ。

残念《ざんねん》だったのは、この素晴《すば》らしい式典《しきてん》の場《ば》に、ブイヨンがいなかったことだ。なんでも、アルデーシュ県《けん》の山《やま》の中《なか》の親《しん》せきのところに、二週間《しゅうかん》の予定《よてい》で、静養《せいよう》に出《で》かけたそうなんだよ。

Les boy-scouts

ボーイスカウト・フィギュアを先生《せんせい》に

クラスメートでお金《かね》を出《だ》し合《あ》い、先生《せんせい》にプレゼントをおくることになった。あしたは先《せん》生《せい》のお誕生日《たんじょうび》なんだ。

まずぼくらは、集《あつ》まったお金《かね》をかぞえた。計算《けいさん》したのは、クラスで算数《さんすう》が一番《いちばん》のアニャンだ。ぼくらはごきげんだった。というのも、ジョフロワが五千旧《きゅう》※フランという高額《こうがく》のお札《さつ》をもってきたから。ジョフロワのパパは、大金《おおがね》もちで、ジョフロワがほしいものはなんでも買《か》ってくれるんだよ。

「ぜんぶで五千二百七フランある」と、アニャンがぼくらに報告《ほうこく》した。「これだけあれば、すごいプレゼントを買《か》えるよ」

こまったことに、ぼくらには、なにを買《か》ったらいいのかが、わからない。

「キャンディーひと箱《はこ》か、チョコレート・プチパンをどっさりあげたらいいぜ」とていあんしたのは、いつもなにか食《た》べている、ふとっちょのともだち、アルセストだった。

でも、ぼくらは賛成《さんせい》しなかった。だって、なにかおいしいものを買《か》うと、みんなが味見《あじみ》をしたがるから、先生《せんせい》のぶんが残《のこ》らないに決《き》まっているからね。

※フラン／ユーロに替《か》わる前《まえ》のフランスの通貨《つうか》

「ぼくのパパがママに毛皮《けがわ》のコートをプレゼントしたら、ママはとってもごきげんだったな」と、ジョフロワが言《い》った。それはいい考《かんが》えだったかもしれないけど、ジョフロワの話《はなし》では、毛皮《けがわ》のコートは、五千二百七フランより高《たか》いにちがいないということで、なるほどジョフロワのママは、とてもとてもごきげんだったはずだ。

「じゃあ、本《ほん》にする？」と、アニャンがきいたので、ぼくらはみんな大笑《おおわら》いした。まったく、どうかしているんだよ、アニャンは！

「万年筆《まんねんひつ》はどうかな？」と、ウードがきいた。

すると、クロテールが腹《はら》を立《た》てた。クロテールは、自分《じぶん》が出《だ》したお金《かね》で買《か》った万年筆《まんねんひつ》で、悪《わる》い点数《てんすう》をつけられるのはいやだ、と言《い》った。クロテールは、成績《せいせき》がビリなんだよ。

「ぼくの家《いえ》のすぐ近《ちか》くに」と、リュフュスが言《い》った。「いろんなプレゼントの品物《しなもの》を売《う》っているお店《みせ》がある。すごいものがいっぱいある。あそこなら、きっと、ぼくらのほしいものも見《み》つかると思《おも》うな」

それは、とてもいい考《かんが》えだったので、ぼくらは放課後《ほうかご》、みんなでいっしょに、そのお店《みせ》に行《い》くことにした。

お店《みせ》の前《まえ》にとうちゃくして、みんなでショーウィンドウをのぞいてみると、すごいんだよ。プレゼント用《よう》のすばらしい品物《しなもの》が、山《やま》のようにならんでいた。ちっちゃな彫像《ちょうぞう》や、ふちがひだのようになったガラスのサラダボウルや、ふつうの家《いえ》ではぜったいに使《つか》わないごうかな水差《みずさ》しや、たくさんのナイフとフォーク、それに振《ふ》り子《こ》つきの置《お》き時計《どけい》もあった。

一番《いちばん》きれいなのは、なんといっても、いろんな彫刻《ちょうこく》の置《お》き物《もの》だ。あばれている二頭《とう》の馬《うま》をしずめようとしているパンツ一枚《まい》の男《おとこ》の人《ひと》の像《ぞう》があるし、弓《ゆみ》を射《い》ようとしている女《おんな》の人《ひと》の像《ぞう》もある。ただ、この弓《ゆみ》にはつるがついていなかったけど、まるでつるがついているように見《み》えるぐらいに、うまくできていた。この女《おんな》の人《ひと》の置《お》き物《もの》は、背中《せなか》に矢《や》がささって、後《うし》ろ足《あし》をひきずっているライオンの置《お》き物《もの》とならべると、ぴったりの組《く》み合《あ》わせだった。

ほかには、大《おお》またで歩《ある》きまわっているまっ黒《くろ》な二匹《ひき》のとらや、ボーイスカウトのフィギュア、小犬《こいぬ》、それからぞうさんがあったけど、その奥《おく》に、うさんくさそうに、ぼくらをにらむお店《みせ》のおじさんの顔《かお》もあった。

お店《みせ》の中《なか》に入《はい》ると、両手《りょうて》をふりまわしながら、おじさんがぼくらのほうへやってきた。

「さあ、さあ、出《で》て行《い》っておくれ！」と、おじさんが言《い》った。「ここは、きみたちの遊《あそ》び場《ば》じゃないよ！」

「遊《あそ》びにきたんじゃないよ」と、アルセストが言《い》った。「プレゼントを買《か》いにきたんだ」

「先生《せんせい》へのプレゼントだよ」と、ぼく。

「お金《かね》もあるんだ」と、ジョフロワ。

そして、アニャンがポケットから五千二百七フランを取《と》り出《だ》し、おじさんの目《め》の前《まえ》にさし出《だ》してみせた。

「そうかい、それならいいだろう。だけどね、品物《しなもの》には

手《て》をふれないようにしておくれ」

「これは、いくら?」と、クロテールが、カウンターの上《うえ》の二頭《とう》の馬《うま》を手《て》にとって、きいた。

「あぶない、気《き》をつけて! さわっちゃだめだ! こわれものなんだよ!」と、おじさんは大《おお》きな声《こえ》で言《い》った。おじさんの心配《しんぱい》はあたりまえだと思《おも》う。だって、クロテールはとても不器用《ぶきよう》で、なんでもこわしちゃうからね。クロテールがムッとして、馬《うま》をもとの場所《ばしょ》にもどそうとしたそのとき、ひじがぶつかって、ゾウの置《お》き物《もの》が落《お》っこちそうになり、おじさんは、すんでのところで受《う》け止《と》めたんだよ。

ぼくたちがあちこち見《み》てまわると、お店《みせ》のおじさんは、「だめだ、だめだ。さわっちゃいかん。こわれものだぞ!」とさけびながら、ぼくらを追《お》いかけて、店《みせ》じゅうを走《はし》りまわっていた。

ぼくは、おじさんのことが、気《き》の毒《どく》になった。こんなに、なにもかもこわれるお店《みせ》で働《はたら》いていると、イライラするはずだ。とうとう、おじさんはぼくらに、両手《りょうて》を背中《せなか》にまわして、店《みせ》の真《ま》ん中《なか》に集《あつ》まるように、そして、なにを買《か》うのか決《き》めておくれ、と言《い》った。

「五千二百七フランで買《か》える、なにかいい物《もの》はありますか？」と、ジョアキムがきいた。

お店《みせ》のおじさんはあたりを見《み》まわし、ショーケースから、まるで本物《ほんもの》そっくりの、色《いろ》つきのボーイスカウトのフィギュアをふたつとり出《だ》した。ぼくは縁日《えんにち》でも射的場《しゃてきじょう》でも、こんなにきれいなフィギュアは見《み》たことがなかった。

「これだと、五千フランなんだがね」と、おじさんは言《い》った。

「それなら、ぼくらが出《だ》そうと思《おも》っている金額《きんがく》より、安《やす》いね」と、アニャン。

「ぼくは、馬《うま》のほうがいいなあ」と、クロテール。

そう言《い》って、クロテールがカウンターの上《うえ》の馬《うま》にまた手《て》をのばしたら、おじさんはクロテールより先《さき》に馬《うま》の置《お》き物《もの》を手《て》にとり、両腕《りょううで》でかかえてしまった。

「さてさて」と、おじさんがきいた。「ボーイスカウトのフィギュアを買《か》うのかい、買《か》わないのかい？」

おじさんがとても真剣《しんけん》な顔《かお》をしていたので、ぼくらは買《か》うと言《い》った。アニャンが五千フ

ランをわたし、ぼくたちはボーイスカウトのフィギュアをもってお店《みせ》を出《で》た。

街《まち》の通《とお》りで、このプレゼントをあずかって、明日《あす》、先生《せんせい》にわたす役《やく》をだれにするか、ぼくらは話《はな》し合《あ》いをはじめた。

「そりゃ、ぼくだろうな。お金《かね》を一番《いちばん》たくさん出《だ》したのは、ぼくだからな」と、ジョフロワ。

「ぼくはクラスで一番《いちばん》だよ。だから、先生《せんせい》にプレゼントをわたすのはぼくだよ」と、アニャン。

「きみは、ただひいきにされているだけじゃないか」と、リュフュス。

するとアニャンは泣《な》きはじめ、ぼくはとても不幸《ふこう》だ。でもきょうは、いつものように地《じ》面《めん》をころがりまわることはしない。なぜかといえば、両手《りょうて》にボーイスカウトのフィギュアをもっているからで、ぼくはフィギュアをわってしまいたくない、と言《い》った。

リュフュスとウードとジョフロワとジョアキムが、もめているあいだに、ぼくはいいことを思《おも》いついた。コイン・トスをして、プレゼントをわたす人《ひと》を決《き》めるんだ。これには、ずいぶんと時間《じかん》がかかった。決《き》めるあいだに、コインを二枚《まい》、みぞの中《なか》に落《お》としてしまったけど、最後《さいご》に、クロテールが勝《か》った。

ぼくらは、すっかり落《お》ち込《こ》んでしまった。だって、勝《か》ったのがなんでもこわしてしまうクロテールだったから。ぼくらは、プレゼントが無事《ぶじ》に先生《せんせい》の手《て》にわたるかどうか、とても心配《しんぱい》だった。

でも、ぼくらは、クロテールにボーイスカウトのフィギュアをふたつあずけたんだ。ウードはクロテールに、もしわったりしたら、鼻《はな》の頭《あたま》にパンチをいっぱいおみまいしてやる、と言《い》った。クロテールは、ちゃんと気《き》をつけると答《こた》え、舌《した》を出《だ》しながら、ものすごくゆっくりした足《あし》どりで歩《ある》いて家《いえ》に帰《かえ》って行《い》った。

ぼくらは、残《のこ》りの二百七フランで、チョコレート・プチパンをどっさり買《か》い込《こ》んだ。晩《ばん》ご飯《はん》のとき、ぼくらはだれもおなかがすいていなかったので、それぞれのパパやママは、ぼくらが病気《びょうき》かもしれないと思《おも》ったくらいだ。

あくる日《ひ》、ぼくらはとても心配《しんぱい》しながら、登校《とうこう》した。だけど、クロテールが両腕《りょううで》にボーイスカウトのフィギュアをかかえてくるのを見《み》て、ぼくらもひと安心《あんしん》したんだ。

「ゆうべ、ぼくはねむらなかったんだ」と、クロテールがうちあけた。「ベッドサイドのテーブルから、フィギュアが落《お》ちてこわれるんじゃないかと心配《しんぱい》だったからね。」

授業中《じゅぎょうちゅう》も、ぼくはクロテールを見《み》ていた。クロテールは、机《つくえ》の下《した》にプレゼントをおいて、見張《みは》っていた。ぼくは、クロテールがものすごくうらやましかった。だって、クロテールが先生《せんせい》にプレゼントをわたしたら、きっと先生《せんせい》はニコニコして、クロテールにキスをするだろう。そしたら、クロテールは顔《かお》をまっ赤《か》にするんだ。だって、ぼくらの先生《せんせい》は、とてもきれいなんだもの。先生《せんせい》がごきげんなときは、ほとんどぼくのママとおなじくらいきれいなんだよ。

「クロテール、机《つくえ》の下《した》になにをかくしているのです?」と、先生《せんせい》がきいた。それから、先《せん》生《せい》はクロテールの席《せき》に、怖《こわ》い顔《かお》で近《ちか》づいた。

「さあ、出《だ》しなさい!」と、先生《せんせい》が言《い》った。

クロテールが先生《せんせい》にプレゼントをわたすと、先生《せんせい》は、それを見《み》て怒《おこ》った。

「学校《がっこう》にへんてこなものをもってくることは、前《まえ》から禁止《きんし》しています！　これは授業《じゅぎょう》が終《お》わるまで没収《ぼっしゅう》します。そしてあなたには、罰《ばつ》をあたえます！」

それで、ぼくらはこのプレゼントを、あのお店《みせ》に買《か》いもどしてもらおうと考《かんが》えたんだけど、それはできなかった。というのも、お店《みせ》の前《まえ》で、クロテールがころんで、ボーイスカウトのフィギュアがふたつともわれてしまったからなんだよ。

Le bras de Clotaire

クロテールが腕《うで》の骨《ほね》を折《お》ると

クロテールが自分《じぶん》の家《いえ》で、おもちゃの小《ちい》さな赤《あか》いトラックを踏《ふ》んづけてころんで、腕《うで》の骨《ほね》を折《お》った。それをきいて、ぼくらはとても心配《しんぱい》した。だって、クロテールはともだちだし、ぼくも知《し》っているけど、あの赤《あか》いトラックはすばらしいモデルで、ピカッと光《ひか》るヘッドライトもついているんだ。でも、クロテールが踏《ふ》んづけたあとでは、もう修理《しゅうり》はできないだろうと、ぼくは思《おも》う。

ぼくらはクロテールの家《いえ》に行《い》って、おみまいをしたかったけど、クロテールのママはぼくらを家《いえ》に入《い》れてくれなかった。ぼくらはクロテールのママに、ぼくらはともだちで、クロテールをよく知《し》っている、と言《い》った。だけどクロテールのママは、あの子《こ》はいま安静《あんせい》が必要《ひつよう》で、みなさんのことは、わたしもよく知《し》っていますよ、とことわった。

そんなわけだから、きょう、クロテールが教室《きょうしつ》にやってきたのを見《み》て、ぼくらはとてもうれしかった。

クロテールは、首《くび》にかけたタオルのような布《ぬの》で左手《ひだりて》をつるしていて、まるで映画《えいが》に出《で》てくる負傷《ふしょう》した主人公《しゅじんこう》みたいだった。だって、映画《えいが》では、主人公《しゅじんこう》はいつでも腕《うで》か肩《かた》をけがしているんだもの。映画《えいが》の中《なか》で主人公《しゅじんこう》の役《やく》をやる俳優《はいゆう》たちは、はじめから予想《よそう》して、もっとけがをしないように用心《ようじん》しないといけないんだよ。

クロテールが入《はい》ってきたとき、授業《じゅぎょう》がはじまってから三十分《ぷん》もたっていたので、遅刻《ちこく》の言《い》いわけをしようと、クロテールは先生《せんせい》の前《まえ》に行《い》った。

すると先生《せんせい》は、クロテールをしかるどころか、

「クロテール、あなたが学校《がっこう》にきてくれて、ほんとうにうれしいわ。腕《うで》にギプスをしたままで、登校《とうこう》するなんて、あなたはとても勇気《ゆうき》があるわ。けがが早《はや》くなおるといいわね」と、言《い》った。

クロテールは、おどろいたように目《め》をパチクリさせた。クロテールは、クラスで一番《いちばん》ビリなので、こんなふうに先生《せんせい》からやさしく言《い》われたことがなかったんだ。とくに、遅刻《ちこく》をしてきた

ときにはね。

クロテールが、口《くち》をぽかんとあけたまま、じっと立《た》っているので、「さあ、自分《じぶん》の席《せき》にすわりなさい、モンプチ（わたしのいい子《こ》）」と、先生《せんせい》が言《い》った。

クロテールが席《せき》につくと、みんなはクロテールに、いろいろたずねはじめた。骨折《こっせつ》して、痛《いた》かったかとか、腕《うで》のまわりにつけている白《しろ》いかたいものはなにかとか、また会《あ》えてとてもうれしいとか。だけど先生《せんせい》が大声《おおごえ》で、ぼくらのともだちをそっとしておくように、このことを口実《こうじつ》に騒《さわ》いではいけません、と注意《ちゅうい》した。

「えっ、なんだって。もしともだちと話《はな》せないなら、これからは……」と、ジョフロワが言《い》い出《だ》したので、先生《せんせい》はジョフロワを教室《きょうしつ》の後《うし》ろのすみに立《た》たせた。それを見《み》て、いつも立《た》たされ

ているクロテールがにやりと笑《わら》った。

「それでは、これから書《か》き取《と》りをします」と、先生《せんせい》が言《い》った。ぼくらはノートをとり出《だ》し、クロテールもカバンから片手《かたて》でノートをとり出《だ》そうとした。

「手伝《てつだ》ってやろうか」と、となりにすわっているジョアキムが声《こえ》をかけた。

「よけいなお世話《せわ》だよ」と、クロテールはことわった。

すると、クロテールのほうを見《み》た先生《せんせい》は、

「いいのよ、モンプチ、あなたはしなくていいわ。もちろんです。そこで休《やす》んでいなさい」

と言《い》った。

クロテールは、カバンの中《なか》をさがすのをやめ、悲《かな》しそうな顔《かお》をした。まるで、書《か》き取《と》りをしないことがクロテールを苦《くる》しめているみたいに。

書《か》き取《と》りは、とてもたいへんだった。《クリザンテーム（菊《きく》）》のようなつづりのむずかしい単語《たんご》がたくさんあって、みんな書《か》きまちがいをした。そして、《ディコチレドーヌ（双子葉類《そうしようるい》）》を、書《か》けたのはたったひとり、成績《せいせき》がクラスで一番《いちばん》、先生《せんせい》のお気《き》に入《い》りのアニャンだけだった。むずかしい言葉《ことば》が出《で》るたびに、ぼくがクロテールを見《み》ると、クロテールはニヤニヤしていた。

そして、休《やす》み時間《じかん》の鐘《かね》が鳴《な》った。一番《いちばん》に席《せき》を立《た》ったのはクロテールだった。

「腕《うで》がそんなだから、あなたは校庭《こうてい》に出《で》ないほうがいいわよ」と、先生《せんせい》が言《い》うと、クロテールはさっきの書《か》き取《と》りのときとおなじ顔《かお》つきになり、こんどはもっとこまったような顔《かお》になった。

「お医者《いしゃ》さんは、ぼくには外《そと》の空気《くうき》が必要《ひつよう》だ。そうしないと、もっと悪《わる》くなるかもしれないと言《い》ってました」と、クロテールが言《い》った。

先生《せんせい》は、それならいいでしょう。でもよく気《き》をつけなさい、と注意《ちゅうい》した。先生《せんせい》は、まず一番《いちばん》にクロテールを外《そと》に出《だ》した。そのあと、ぼくらが校庭《こうてい》に出《で》る前《まえ》に、先生《せんせい》はぼくらに山《やま》ほど注意《ちゅうい》をあたえた。慎重《しんちょう》に行動《こうどう》するように、乱暴《らんぼう》な遊《あそ》びはしないように、けがをしないようにクロテールをかばってやりなさい、ということだった。こういうわけで、ぼくらの休《やす》み時間《じかん》は、だいぶ短《みじか》くなってしまった。

教室《きょうしつ》から階段《かいだん》をおりて、ようやく校庭《こうてい》に出《で》たぼくたちは、クロテールを探《さが》した。クロテールは、ほかのクラスの子《こ》たちと馬《うま》とびをして遊《あそ》んでいた。あのクラスは、まぬけぞろいで、ぼくらはあまり好《す》きじゃないんだ。

ぼくらは、クロテールをとりかこみ、あれこれたくさんの質問《しつもん》をした。クロテールは、みんなに注目《ちゅうもく》されて、得意《とくい》そうだった。ぼくらが、あの赤《あか》い小型《こがた》トラックはこわれたのかときくと、クロテールは、うん、こわれちゃった。でもそのかわり、病気《びょうき》のおみまいにプレゼントをたくさんもらった、と答《こた》えた。

ヨットを一そう、チェッカーのセットをひとつ、自動車《じどうしゃ》を二台《だい》、機関車《きかんしゃ》を一台《だい》、それにほかのおもちゃととりかえるつもりの本《ほん》をたくさんだって。それからクロテールはぼくらに、みんながクロテールにとってもやさしかったこと、ドクターは往診《おうしん》のたびにキャ

ラメルをもってきてくれたこと、パパとママがテレビをクロテールの部屋《へや》に置《お》いてくれたことや、毎日《まいにち》、ごちそうをいっぱい食《た》べたことなどを話《はな》した。

食《た》べ物《もの》の話《はなし》になると、いつもなにかを食《た》べているともだちのアルセストは、おなかがすいてくるんだ。それで、アルセストは、ポケットからチョコレートの大《おお》きいのをとり出《だ》して、もぐもぐかじりはじめた。

「ぼくに、ひとかけくれないかな」と、クロテールがたのんだ。

「いやだね」と、アルセストは答《こた》えた。

「でも、ぼくは腕《うで》が……」と、クロテールがねばると、

「あかんべだ」と、アルセストが言《い》い返《かえ》した。

さあ、それが、クロテールは気《き》に入《い》らなかった。人《ひと》が腕《うで》を折《お》っているのにつけ込《こ》んで、あまく見《み》るんじゃない。そんな態度《たいど》をと

るなら、みんなのように腕《うで》がだいじょうぶだったら、パンチをいっぱいぶち込《こ》んでやるのにと、クロテールは大声《おおごえ》でどなった。

クロテールが、あんまり大《おお》きな声《こえ》を張《は》り上《あ》げたので、生徒指導《せいとしどう》の先生《せんせい》がききつけ、走《はし》ってやってきた。

「いったい、なにごとかね？」と、先生《せんせい》がたずねた。

「ぼくの腕《うで》が折《お》れているので、こいつがつけ込《こ》むんです」と、クロテールはアルセストを指《ゆび》さした。

アルセストは、ものすごく頭《あたま》にきて、なにか言《い》おうとしたけど、口《くち》がチョコレートでふさがっていた。だから、口《くち》を動《うご》かすたびに、チョコレートがそこらじゅうにとんで、アルセストがなにを言《い》っているのか、ぼくらにはさっぱりわからなかった。

「きみは恥《は》ずかしくないのか？」と、生徒指導《せいとしどう》の先生《せんせい》がアルセストにききただした。「ともだちの骨折《こっせつ》につけ込《こ》むなんて？　そこのすみで、立《た》っていなさい！」

「そうだ、そうだ」と、クロテール。

このとき、ようやくチョコレートを飲《の》み込《こ》んだアルセストが声《こえ》を出《だ》した。

「だって、ふざけている最中《さいちゅう》に腕《うで》を折《お》ったようなやつに、食《た》べ物《もの》をわけてやらないといけないんですか?」

「そうだ、そうだ」と、ジョフロワがあいづちを打《う》った。「クロテールに話《はな》しかけると、罰《ばつ》で立《た》たされてしまう。けっきょく、クロテールは折《お》れた腕《うで》で、ぼくらにやっかいばかりかけてるんだぜ!」

生徒指導《せいとしどう》の先生《せんせい》は、とても悲《かな》しげな目《め》でぼくらを見《み》た。それから、やさしい、やさしい声《こえ》で話《はな》しはじめた。それは、ちょうど、パパがママに、昔《むかし》の軍隊仲間《ぐんたいなかま》の集会《しゅうかい》に参加《さんか》しなければならないことを、説明《せつめい》するときのような声《こえ》だった。

「きみたちには、あたたかい心《こころ》というものがないのかな」と、先生《せんせい》が言《い》った。「きみたちが、まだ幼《おさな》いということはよくわかっておるが、それにしても、きみたちのこのような態《たい》度《ど》に接《せっ》すると、わたしは悲《かな》しみにたえない」

先生《せんせい》の言葉《ことば》は、ここで途切《とぎ》れた。

それから、大《おお》きな声《こえ》で、「全員《ぜんいん》、校庭《こうてい》のすみに行《い》って立《た》つんだ！」とどなった。

ぼくらはみんな罰《ばつ》を受《う》けたので、校庭《こうてい》のすみに立《た》ちに行《い》った。アニャンもいっしょだった。アニャンは、罰《ばつ》を受《う》けるのがはじめてだったので、どうしたらいいのか知《し》らなかった。

ぼくらは、アニャンにお手本《てほん》を見《み》せてやったんだよ。こうして、全員《ぜんいん》、立《た》つことになったけど、もちろん、クロテールだけはべつだった。

生徒指導《せいとしどう》の先生《せんせい》は、クロテールの頭《あたま》をなでて、左腕《ひだりうで》の痛《いた》みはどうかときいた。クロテールは、はい、かなり痛《いた》いです、と答《こた》えた。それから、先生《せんせい》は、ひとりの下級生《かきゅうせい》といっしょに、べつの上級生《じょうきゅうせい》をひっぱたいている上級生《じょうきゅうせい》を注意《ちゅうい》するために、走《はし》って行《い》った。クロテールは、ぼくらの方《ほう》をチラッと見《み》て、にたりと笑《わら》い、馬《うま》とびのつづきをしに行《い》った。

ぼくは、家《いえ》に帰《かえ》っても、まったくおもしろくなかった。家《いえ》にいたパパが、なにかあったのか、きいた。それで、ぼくは大《おお》きな声《こえ》で、「ひどいんだよ、不公平《ふこうへい》なんだよ！　どうしてぼくは、腕《うで》の骨《ほね》を折《お》ることができないのかなあ？」と文句《もんく》を言《い》った。

おどろいたパパは、目《め》をまんまるくしてぼくを見《み》たけど、ぼくはふくれ返《かえ》ったまま、階《かい》段《だん》を上《あ》がって、子《こ》ども部屋《べや》に引《ひ》っ込《こ》んだんだ。

On a fait un test

身体検査《しんたいけんさ》と心理《しんり》テスト

今朝《けさ》は、学校《がっこう》に行《い》かなくてもいいんだけど、ちっともうれしくないんだよ。だって、診療所《しんりょうじょ》に行《い》って、身体《からだ》に悪《わる》いところはないか、頭《あたま》の働《はたら》きに異常《いじょう》がないか、調《しら》べてもらわないといけないんだ。

授業中《じゅぎょうちゅう》に、ぼくらはめいめい、パパやママにわたす紙《かみ》をもらっていた。予防接種《よぼうせっしゅ》の証明書《しょうめいしょ》と学童手帳《がくどうてちょう》をもって、ママといっしょに診療所《しんりょうじょ》に行《い》かなければならないことが説明《せつめい》してある紙《かみ》だ。先生《せんせい》はぼくらに、みなさんは「心理《しんり》テスト」を受《う》けるんですよ、と教《おし》えてくれた。頭《あたま》の働《はたら》きに異常《いじょう》がないかどうか調《しら》べるために、みんなにかんたんな絵《え》をかかせるテストなんだって。

ママといっしょに、ぼくが診療所《しんりょうじょ》についたとき、リュフュス、ジョフロワ、ウード、アルセストなんかはもう先《さき》にきていたけど、みんな顔《かお》がこわばっていた。

ぼくは、お医者《いしゃ》さんのいるところが、いつも怖《こわ》くて仕方《しかた》がない。診療所《しんりょうじょ》はまっ白《しろ》で、お薬《くすり》のにおいがする。クラスメートたちは、ママといっしょだけど、パパが大金《おおがね》もちのジョフロワだけは、パパの自家用車《じかようしゃ》の運転手《うんてんしゅ》のアルベールさんといっしょにきていた。

それから、クロテール、メクサン、ジョアキム、そしてアニャンが、ママたちといっしょにやってきたけど、アニャンはもうギャンギャン泣《な》いていて、騒《さわ》がしかった。
白《しろ》い服《ふく》を着《き》た、とてもやさしそうなおばさんが、ママたちの名前《なまえ》を呼《よ》び、予防接種《よぼうせっしゅ》の証明書《しょうめいしょ》を集《あつ》めた。そして、おばさんは、まもなくドクターの診察《しんさつ》がはじまるので、もう少《すこ》しのあいだ、しずかにお待《ま》ちください、と言《い》った。
ぼくらは、まったくしずかに待《ま》つという雰囲気《ふんいき》ではなかった。ママたちは、自分《じぶん》たちどうしでおしゃべりをしたり、なんてかわいいんでしょと言《い》いながら、ぼくらの頭《あたま》をなでたりしていた。ジョフロワの運転手《うんてんしゅ》さんは、外《そと》で大《おお》きな黒《くろ》ぬりの自家用車《じかようしゃ》をみがいていた。
「うちの子《こ》ときたら」と、リュフュスのママが言《い》った。「なんとか食《た》べてもらうのに、それはたいへんな苦労《くろう》をしますのよ。うちの子《こ》は、とても神経質《しんけいしつ》なものでございますから」

「うちの子《こ》とは、ちょっとちがうようですわね」と、アルセストのママが言《い》った。「なにしろ、うちの子《こ》ときたら、なにか食《た》べていませんと、神経質《しんけいしつ》になってしまうものですからね」

「わたくし、思《おも》うんですが」と、クロテールのママが言《い》い出《だ》した。「学校《がっこう》では、お勉強《べんきょう》がきびしすぎるのではありませんか？　やりすぎではないでしょうかね。うちの子《こ》なんか、とてもついて行《い》けませんわ。わたくしが子《こ》どものころは……」

「あらまあ、そうでしょうか！」と、アニャンのママが言《い》った。「わたくしにはよくわかりませんが、うちの子《こ》などは、奥様《おくさま》、ぜんぜん苦《く》にはしていないようですわ。もちろん、それはそれぞれのお子《こ》さんによるのでしょうけれど。アニャン！　泣《な》くのをやめなさい！　泣《な》くのをやめないと、みなさんの前《まえ》でおしりをぶちますよ！」

「そちらのお子《こ》さんなら、奥様《おくさま》、お勉強《べんきょう》のご心配《しんぱい》はございませんわね」と、クロテールのママが言《い》った。「ですが、お見受《みう》けしたところ、かわいそうに、坊《ぼう》やはすこし落《お》ちつきがたりないようですわね。違《ちが》いまして？」

クロテールのママが言ったことに、アニャンのママはムッとして、なにか言《い》い返《かえ》そうとしたときに、白《しろ》い服《ふく》を着《き》たおばさんがやってきて、診察《しんさつ》をはじめるので、ぼくらの服《ふく》をぬがせるように言《い》った。すると、アニャンは具合《ぐあい》が悪《わる》くなった。アニャンのママが悲鳴《ひめい》を上《あ》げはじめると、クロテールのママはにっこりした。

そのとき、ドクターがやってきた。

「いったい、どうしたんだね？」と、ドクターが言《い》った。「学校検診《がっこうけんしん》の朝《あさ》となると、決《き》まって大騒《おおさわ》ぎになる！　子《こ》どもたちは、しずかにしなさい！　さもないと、学校《がっこう》の先生方《せんせいがた》に言《い》って、罰《ばつ》を出《だ》してもらいますぞ。さあさあ、さっさと、服《ふく》をぬぎなさい！」

ぼくらは服《ふく》をぬいだけど、みんなの見《み》ている前《まえ》で、はだかになると、なんだかへんな感《かん》じになった。どのママも、それぞれ、ほかのママたちの子《こ》どもをじろじろ見《み》るんだよ。それはぼくのママが、魚《さかな》を買《か》いに行《い》って、魚《さかな》を見《み》ながら、どれもこれも新鮮《しんせん》じゃないわねと、魚屋《さかなや》さんに言《い》うときの顔《かお》つきとおなじだった。

「それでは、子《こ》どもたちは、そちらの部屋《へや》に入《はい》りましょう」と、白《しろ》い服《ふく》のおばさんがうながした。

「ドクターが、みなさんを診察《しんさつ》します」

「ぼくは、ママといっしょでないといやだ!」と、はだかになってもメガネをかけているアニャンがさけび立《た》てた。

「仕方《しかた》がないわね」と、白《しろ》い服《ふく》のおばさんが言《い》った。「奥《おく》さんは、その子《こ》といっしょにどうぞ。その子《こ》を落《お》ちつかせてください」

「あら、ちょっと、すみません」と、クロテールのママがきいた。「こちらの奥様《おくさま》が、子《こ》どもさんとごいっしょでよろしいのなら、わたくしがいっしょに入《はい》ってはいけないという理由《りゆう》もございませんわね」

「それなら、ぼくは、アルベールにきてもらいたいな」と、ジョフロワが大《おお》きな声《こえ》で言《い》った。

「きみ、どうかしているんじゃないか！」と、ウード。

「なんだと。もう一度《いちど》、言《い》ってみろ」と、ジョフロワが言《い》い返《かえ》すと、ウードはジョフロワの鼻《はな》の頭《あたま》にパンチを一発《いっぱつ》くらわせた。

「アルベール」と、ジョフロワが大声《おおごえ》で呼《よ》ぶと、運転手《うんてんしゅ》さんはかけつけてきた。と同時《どうじ》にドクターも顔《かお》を出《だ》した。

「まったく信《しん》じられないね！」と、ドクターが言《い》った。「まだ五分《ふん》もたたないのに、病気《びょうき》の子《こ》が出《で》てくるし、鼻血《はなぢ》を出《だ》してる子《こ》がいるし、これじゃ診療所《しんりょうじょ》どころか、まるで戦場《せんじょう》じゃないか！」

「まったくで」と、アルベールさんが言《い》った。「わっしは、坊《ぼっ》ちゃんに責任《せきにん》をもたされとります。車《くるま》とおんなじですよ。どっちも、かすり傷《きず》ひとつつけずに、ご主人《しゅじん》におもどしせにゃなりませんので。おわかりですかい？」

ドクターは、アルベールさんの顔《かお》を見《み》て、口《くち》をあけたけど、なにも言《い》わずにとじて、それから、ぼくらを診察室《しんさつしつ》に入《い》れた。アニャンのママはいっしょだった。

ドクターは、ぼくらの体重測定《たいじゅうそくてい》からはじめた。
「さて、はじめよう」と、アルセストを指《ゆび》さしながら、ドクターが言《い》った。「そうだ、きみからだよ」
　すると、アルセストは、いま食《た》べているチョコレートパンを食《た》べおわるまで待《ま》ってほしい。食《た》べかけのパンをしまっておくポケットがないからと言《い》った。
　ため息《いき》をついたドクターは、ぼくを体重計《たいじゅうけい》にのせたけれど、いきなりジョアキムをしかりつけた。ジョア

キムは、ぼくの体重《たいじゅう》がうんと重《おも》くなるように、片足《かたあし》をのばして体重計《たいじゅうけい》を踏《ふ》みつけていたんだ。

アニャンは、体重《たいじゅう》を測《はか》るのをいやがった。だけど、アニャンのママが、いい物《もの》をたくさん買《か》ってあげますと約束《やくそく》したので、ひどくふるえながら、アニャンは体重《たいじゅう》を測《はか》った。そして、測《はか》りおわると、泣《な》きながら、ママの腕《うで》の中《なか》にとび込《こ》んだ。

リュフュスとクロテールは、ふざけてふたりいっしょに体重《たいじゅう》計《けい》にのったので、ドクターにしかられた。ドクターがふたりに注意《ちゅうい》しているあいだに、ジョフロワは、さっきの鼻《はな》パンチのお返《かえ》しに、ウードにキックをとばした。

ドクターが、とうとう怒《おこ》り出《だ》した。もうたくさんだ。もしこんな馬鹿騒《ばかさわ》ぎをつづけるなら、きみたちぜんいんを追《お》い出《だ》してやる。まったくわたしは、父《ちち》のすすめにしたがって、弁護士《べんごし》になっておけばよかったんだ、と言《い》った。

それから、ドクターは、ぼくらに舌《した》を出《だ》させ、胸《むね》に道具《どうぐ》をあてて音《おと》をきき、せきをさせた。アルセストは、せきをするとき、口《くち》の中《なか》のパンくずをあたりにまき散《ち》らしたので、ドクターにしかられた。

そのつぎに、ドクターは、ぼくらを机《つくえ》の前《まえ》にすわらせ、紙《かみ》と鉛筆《えんぴつ》をくばり、

「さて、子《こ》どもたち。きみたちの頭《あたま》にうかぶものを、なんでも絵《え》にかきなさい。ただし、言《い》っておくが、もうふざけてはいけない。最初《さいしょ》にふざけた者《もの》は、思《おも》いっきりおしりをぶたれることになるよ！」と注意《ちゅうい》した。

「やれるならやったらいい。アルベールを呼《よ》んでやる！」と、ジョフロワが大《おお》きな声《こえ》で言《い》った。

「絵《え》をかきなさい！」と、ドクターがさけんだ。

それで、みんないっせいに、絵《え》をかきはじめた。ぼくは、チョコレートケーキをかいた。アルセストは、ツールーズ風《ふう》のシチューだって。ちょっと見《み》ただけでは、なにがなんだ

かわからなかったけど、アルセストがぼくにそう言《い》うんだよ。

アニャンは、フランスの地図《ちず》をかき、県名《けんめい》と県庁所在地《けんちょうしょざいち》まで書《か》き入《い》れた。

ウードとメクサンは、馬《うま》に乗《の》ったカウボーイをかいた。

ジョフロワは、自動車《じどうしゃ》がいっぱいならんでいる、大《おお》きなお屋敷《やしき》の絵《え》をかき、《ぼくの家《いえ》》と書《か》いた。

クロテールは、なにもかかなかった。クロテールはなにも知《し》らされていなかったので、まったく準備《じゅんび》ができなかったからだと言《い》った。

リュフュスは、まるはだかのアニャンの絵《え》をかき、《アニャンは先生《せんせい》のお気《き》に入《い》り》と、書《か》き入《い》れた。それを見《み》たアニャンは泣《な》き出《だ》した。

「先生《せんせい》、メクサンがぼくの絵《え》をまねしています！」と、ウードが大声《おおごえ》でさけんだ。最高《さいこう》に楽《たの》しかった。みんながおしゃべりをし、みんなが笑《わら》い、アニャンは泣《な》いて、ウードとメクサンはけんかをつづけていたんだ。すると、とうとう、ママたちがアルベールさんといっしょにやってきた。

ぼくらが外《そと》に出《で》るとき、ドクターは机《つくえ》の向《む》こうがわに腰《こし》かけて、だまったまま、いくつも大《おお》きなため息《いき》をついていた。白《しろ》い服《ふく》のおばさんが、水《みず》を入《い》れたコップとお薬《くすり》をドクターにもってきた。するとね、ドクターの目《め》の前《まえ》の紙《かみ》には、ピストルの絵《え》がいくつもかいてあったんだ。

きっと、どうかしちゃったんだね、あのドクターは！

La distribution des prix 

終業式《しゅうぎょうしき》

校長先生《こうちょうせんせい》から終業式《しゅうぎょうしき》のあいさつがあった。

こんなお話《はなし》だった。ぼくらの進級《しんきゅう》を大《おお》いなる感動《かんどう》をもって校長先生《こうちょうせんせい》は見守《みまも》った。みなさんもおなじ感動《かんどう》をわたしと分《わ》かち合《あ》っているものと確信《かくしん》している。みなさんがすばらしい夏休《なつやす》み（フランスでは夏休《なつやす》みで学年《がくねん》が上《あ》がる）をすごすことを希望《きぼう》する。なぜなら、新学期《しんがっき》になると、それはもう遊《あそ》んでいるときではなく、勉強《べんきょう》に打《う》ち込《こ》まなければならないときだからである。こうして、終業式《しゅうぎょうしき》は終《お》わった。

それは、最高《さいこう》の終業式《しゅうぎょうしき》だった。今朝《けさ》、ぼくらはパパやママたちといっしょに学校《がっこう》にやってきた。ぼくらは、人形劇《にんぎょうげき》の人形《にんぎょう》みたいな服《ふく》を着《き》せられていた。ブルーの上着《うわぎ》にまっ白《しろ》なシャツというスタイルで、このシャツは、パパの赤《あか》と緑《みどり》のネクタイとおなじピカピカ光《ひか》る生地《きじ》でできているんだ。そのネクタイは、ママがパパに買《か》ってあげたんだけど、パパはよごすといけないからって、一度《いちど》も使《つか》ったことがないんだよ。

アニャンときたら、白《しろ》い手袋《てぶくろ》をはめていた。アニャンって、どこかへんなんだよね。それで、ぼくらはみんな笑《わら》ってしまったけど、リュフュスは笑《わら》わなかった。リュフュスが言《い》うには、リュフュスのパパはおまわりさんで、よく白《しろ》い手袋《てぶくろ》をしているから、アニャンの白《しろ》い手袋《てぶくろ》も、ちっともおかしくないらしいんだ。

みんな、整髪油《せいはつゆ》で髪《かみ》の毛《け》をきちんとなでつけ（ぼくは帽子《ぼうし》をかぶっていたんだけど）、耳《みみ》も清潔《せいけつ》にし、つめも切《き》ってもらっていた。こう見《み》ると、ぼくらも、捨《す》てたもんじゃないよ。

ぼくもクラスメートたちも、終業式《しゅうぎょうしき》を待《ま》ちに待《ま》っていた。それは、賞《しょう》がもらえるからじゃない。賞《しょう》となると、どちらかと言《い》えば、ぼくらは不安《ふあん》なんだ。だけど、なんと言《い》っても終業式《しゅうぎょうしき》が終《お》わると、もう学校《がっこう》に行《い》かなくてもいいんだ。つまり、夏休《なつやす》みになるんだよ。なん日《にち》もなん日《にち》も前《まえ》から、ぼくは家《いえ》でパパに、もうすぐ夏休《なつやす》みになるのに、学期《がっき》のおしまいの日《ひ》まで学校《がっこう》に行《い》かないといけないのか、ときいていた。

だって、もう夏休《なつやす》みの旅行《りょこう》に出《で》かけたクラスメートもいるんだもの。そんなのは不公平《ふこうへい》だよね。どっちにしても、ぼくらはもう学校《がっこう》でなにもすることがないし、ぼくはとてもくたびれているんだと言《い》って泣《な》くと、パパは、いいかげんにしておくれ、おまえの話《はなし》を聞《き》いていると頭《あたま》が混乱《こんらん》しそうだ、と言《い》うんだ。

賞《しょう》といえば、これはみんながもらえるんだ。成績《せいせき》がクラスで一番《いちばん》、先生《せんせい》のお気《き》に入《い》りのアニャンは、算数賞《さんすうしょう》、歴史賞《れきししょう》、地理賞《ちりしょう》、文法賞《ぶんぽうしょう》、国語賞《こくごしょう》、理科賞《りかしょう》、品行賞《ひんこうしょう》をもらった。ちょっとおかしいよ、アニャンは。

とても力《ちから》もちで、クラスメートの鼻《はな》の頭《あたま》にパンチをおみまいするのが大好《だいす》きなウードは、体育賞《たいいくしょう》だ。

いつもなにか食《た》べているふとっちょのアルセストは、勤勉賞《きんべんしょう》をもらった。つまり、アルセストは毎日学校《まいにちがっこう》にきたってことだよ。ほんとにアルセストは、この賞《しょう》にふさわしいね。というのも、アルセストのママは、アルセストをキッチンに入《い》れたがらないので、アルセストにすれば、キッチンに入《はい》れないくらいなら、学校《がっこう》にくるほうがましだという理《り》くつなんだよ。

ほしいものはなんでも買《か》ってくれる大金《おおがね》もちのパパがいるジョフロワは、身《み》だしなみ賞《しょう》をもらった。なぜって、ジョフロワは、いつもとてもきちんとした身《み》なりをしているから

だ。

いつだったか、カウボーイとか、近衛騎兵《このえきへい》とか、火星人《かせいじん》とかに変装《へんそう》して、授業《じゅぎょう》に出《で》てきたこともあったけど、ほんとうにかっこ良《よ》かったんだよ。

リュフュスは、図画賞《ずがしょう》だった。リュフュスは、お誕生日《たんじょうび》のプレゼントに、大《おお》きな箱入《はこい》りの色《いろ》えんぴつセットをもらっていたから、とうぜんかもね。

クラスで成績《せいせき》がビリのクロテールも、友情賞《ゆうじょうしょう》をもらい、そして、ぼくは、雄弁賞《ゆうべんしょう》をもらった。最初《さいしょ》のうち、パパはとてもよろこんでいたけど、先生《せんせい》がパパに、ぼくの場合《ばあい》、評価《ひょうか》されたのは質《しつ》ではなく量《りょう》であると説明《せつめい》すると、ちょっとがっかりした顔《かお》になった。質《しつ》より量《りょう》って、どういうことなのか、あとでパパに教《おし》えてもら

うつもりなんだ。
先生《せんせい》もたくさんの賞《しょう》をもらった。ぼくらはひとりひとり、パパとママが買《か》ってきたプレゼントを、先生《せんせい》のところにもって行《い》った。
先生《せんせい》は、万年筆《まんねんひつ》を十四本《ほん》とコンパクトを八つもらった。先生《せんせい》はとてもうれしそうで、こんなにプレゼントをいただいたことは、これまで一度《いちど》もありません、と言《い》った。
それが終《お》わると、先生《せんせい》はぼくらにキスをし、夏休《なつやす》みの宿題《しゅくだい》をきちんとしなければならない。おとなしくいい子《こ》にしなければならない。パパとママの言《い》うことをよく聞《き》かなければならない。ぼくたちもからだを休《やす》めなければならない。それからわたしに郵便《ゆうびん》はがきでようすを知《し》らせてねと念《ねん》をおして、そして、ぼくらはお別《わか》れをした。

ぼくらはそろって学校《がっこう》を出《で》た。歩《ある》きながら、パパたちやママたちは、おしゃべりをはじめた。

「おたくのぼっちゃんは、ずいぶん勉強《べんきょう》をなさいますこと」とか、「うちの子《こ》は、病気《びょうき》をしてしまったんですよ」とか、「愚息《ぐそく》はなまけ者《もの》でして、残念《ざんねん》なことですよ、なにしろ才能《さいのう》ではひけをとりませんからな」とか、「わたしは、このチビさんの年《とし》ごろには、いつも一番《いちばん》でしたが、いまではもう子《こ》どもたちは勉《べん》強《きょう》に興味《きょうみ》を失《うしな》っていますね。それはもう、あのテレビというやつのせいですよ」などと、パパやママたちはにぎやかだった。

そして、ぼくたちの頭《あたま》をなでたり、さすったりしたパパやママたちは、整髪料《せいはつりょう》の油《あぶら》で手《て》がべとついて、それをぬぐうのにたいへんだった。

アニャンは、賞品《しょうひん》にもらったたくさんの本《ほん》を両腕《りょううで》にかかえ、頭《あたま》には月桂冠《げっけいかん》をのせているので、みんなの注目《ちゅうもく》を集《あつ》めていた。校長先生《こうちょうせんせい》は、月桂冠《げっけいかん》を頭《あたま》にのせたまま眠《ねむ》らないように注意《ちゅうい》していたけど、あれはたぶん、あの月桂冠《げっけいかん》は来年《らいねん》の終業式《しゅうぎょうしき》でも使《つか》うので、クシャクシャにしてしまうといけないからだね。それはちょうど、ぼくのママが、お庭《にわ》のベゴニアの花《はな》を踏《ふ》んづけないでと、ぼくに注意《ちゅうい》するようなものだ。

ジョフロワのパパは、ほかのパパたちに太《ふと》い葉巻《はまき》をすすめてまわり、それをもらったパパたちは、あとで吸《す》うためにポケットにしまい込《こ》んでいた。

ママたちは、この一年間《ねんかん》、ぼくらがしでかしたいろんなことを話《はな》しながら、笑《わら》い合《あ》っていた。これには、ぼくらもおどろいたんだ。だって、ぼくらがそれをやったとき、ママたちはぜんぜん笑《わら》わなかったし、ひどいときには、ぼくらは平手打《ひらてう》ちまでくらったんだよ。

夏休《なつやす》みのいろんな楽《たの》しい計画《けいかく》を、ぼくらはわいわい話《はな》していたんだけど、クロテールの自慢話《じまんばなし》で、雰囲気《ふんいき》がかわった。クロテールはぼくたちに、去年《きょねん》のように今年《ことし》もおぼれた人《ひと》を助《たす》けるつもりだ、と言《い》ったんだ。

ぼくはクロテールに、きみはうそつきだ、と言《い》ってやった。だって、ぼくはプールでクロテールに会《あ》ったことがあるけど、クロテールはかなづちなんだよ。うかぶことしかできないのに、人《ひと》を助《たす》けるなんてできっこないもの。

すると、クロテールは、もらったばかりの友情賞《ゆうじょうしょう》の本《ほん》で、ぼくの頭《あたま》をゴツンとたたいた。それを見《み》て、リュフュスが笑《わら》ったので、ぼくがリュフュスの顔《かお》をピシャリとたたいたら、リュフュスは泣《な》き出《だ》し、なぜかウードにキックを入《い》れたんだ。

それで、ぼくらはおし合《あ》いへし合《あ》いの大騒《おおさわ》ぎになり、すごく楽《たの》しかったけど、パパとママたちがとんできて、まったく、手《て》に負《お》えないねとか、なんと恥《は》ずかしいことだとか言《い》いながら、もみ合《あ》っているぼくたちの手《て》をつかみ、自分《じぶん》の子《こ》どもを引《ひ》っぱり出《だ》して、みんな、それぞれの家《いえ》に帰《かえ》った。

家《いえ》に帰《かえ》るとちゅう、ぼくは考《かんが》え込《こ》んでしまった。いまのはおもしろかったけど、きょうで学校《がっこう》はおしまいになった。もう毎日《まいにち》の授業《じゅぎょう》も、宿題《しゅくだい》も、罰《ばつ》も、休《やす》み時間《じかん》もなくなってしまう。それにもうこれから何《なん》か月《げつ》も、クラスメートに会《あ》うこともいっしょに大《おお》あばれすることもないと思《おも》うと、ぼくはものすごくさびしい気持《きも》ちになってしまった。

「どうした、ニコラ」と、パパがきいた。「なにもしゃべらないんだね？　とうとう、やってきたんじゃないか。お待《ま》ちかねの夏休《なつやす》みになったんだよ！」

とたんに、ぼくは泣《な》き出《だ》してしまった。

「いいかげんにしておくれ」と、パパが言《い》った。「どうなっているんだい、この子《こ》は？　わたしは、頭《あたま》が混乱《こんらん》しそうだよ。」

物語《ものがたり》をより楽《たの》しむために❷

小野萬吉《おのまんきち》

ニコラの通《かよ》う小学校《しょうがっこう》は、サンペが通《かよ》ったボルドーのDavid Johnston小学校《しょうがっこう》をモデルにしており、現在《げんざい》も、鋳鉄製《ちゅうてつせい》の大《おお》きな門《もん》がそのまま残《のこ》っています。［グーグル・アース］のストリートビューを使《つか》えば、読者《どくしゃ》のみなさんもすぐに見学《けんがく》できるでしょう。

ニコラは、午前《ごぜん》と午後《ごご》、登下校《とうげこう》をします。日曜日《にちようび》と木曜日《もくようび》がお休《やす》みです。学校《がっこう》には、校《こう》長先生《ちょうせんせい》、教職員《きょうしょくいん》、事務職員《じむしょくいん》（生徒指導《せいとしどう》、旧称《きゅうしょう》・生徒監督《せいとかんとく》）がいて、ニコラの学年《がくねん》（二年生《ねんせい》～五年生《ねんせい》）を基準《きじゅん》にして、上級生《じょうきゅうせい》と下級生《かきゅうせい》がいます（上級生《じょうきゅうせい》は、よく登場《とうじょう》しますが、下級生《かきゅうせい》はめったに出《で》てこない）。休《やす》み時間《じかん》は、午前《ごぜん》は二回《かい》、午後《ごご》は不明《ふめい》。

教室《きょうしつ》は、たぶん二階《にかい》でしょう。授業開始前《じゅぎょうかいしまえ》は、整列《せいれつ》して、先生《せんせい》を待《ま》ちます。一クラスは、サンペの絵《え》を信《しん》じるなら、二十四名《めい》。常連《じょうれん》のクラスメートは、ニコラを入《い》れて九名《めい》。初期《しょき》

の物語《ものがたり》には、この九名《めい》の他《ほか》に、いろいろな名前《なまえ》が出《で》ていましたが、次第《しだい》に集約《しゅうやく》されて行《い》ったようです。ちなみに第《だい》一巻《かん》第《だい》一話《わ》のクラスの記念写真《きねんしゃしん》には、三十六名《めい》が写《うつ》っています。リュフュス、ウード、ジョフロワ、アルセスト、アニャン、ニコラはいますが、ジョアキムとクロテール、メクサンは不在《ふざい》です。物語《ものがたり》は、長《なが》い時間《じかん》をかけて、生成《せいせい》して行《い》ったという証拠《しょうこ》でしょうか。

机《つくえ》は、ふたりがけの長机《ながづくえ》とひとりがけの机《つくえ》の両方《りょうほう》が出《で》てきます。たぶん、学年《がくねん》による違《ちが》いなのでしょう。先生《せんせい》は、教壇《きょうだん》の上《うえ》、教卓《きょうたく》の前《まえ》にすわります。子《こ》どもたちの席順《せきじゅん》は、時々《ときどき》変《か》わっているようですが、アニャンが一番前《いちばんまえ》、クロテールが一番後《いちばんうし》ろというのは定番《ていばん》のようです。

筆者《ひっしゃ》が子《こ》どものころは、ふざけると、廊下《ろうか》に立《た》たされる

のが普通《ふつう》でした。六年生《ねんせい》にもなると、水《みず》を張《は》ったバケツをもたされることもありました。

『プチ・ニコラ』の場合《ばあい》、罰《ばつ》はおおむね三種類《しゅるい》あるようです。「書《か》き取《と》りの宿題《しゅくだい》」と「ピケ」と「ルトゥニュ」。

「書《か》き取《と》りの宿題《しゅくだい》」は、先生《せんせい》が口述《こうじゅつ》する文章《ぶんしょう》をもち帰《かえ》り、翌日《よくじつ》までに書《か》いて、提出《ていしゅつ》するわけですが、全人称《ぜんにんしょう》の活用《かつよう》ならまだしも、百回《かい》清書《せいしょ》はきついでしょうか。

「ピケ」は、本来《ほんらい》「杭《くい》」の意味《いみ》ですが、ストライキで張《は》るピケットの略称《りゃくしょう》でもあります。ニコラたちの「ピケ」は、《教室《きょうしつ》や校庭《こうてい》のすみに立《た》つ》ことやその罰《ばつ》を意味《いみ》します。同時《どうじ》に、

この言葉《ことば》は《罰《ばっ》で立《た》つ場所《ばしょ》》も意味《いみ》するので、本文中《ほんぶんちゅう》では、「ピケ」の罰《ばっ》にしますと、「ピケ」の罰《ばっ》の場所《ばしょ》に行《い》きなさいとの区別《くべつ》が微妙《びみょう》で、この言葉《ことば》の直接《ちょくせつ》の使用《しよう》ができないのが、残念《ざんねん》といえば残念《ざんねん》でした。「ピケ」をくらうと、休《やす》み時間《じかん》が没収《ぼっしゅう》になります。

「ルトゥニュ」は、《居残《いのこ》りの罰《ばっ》》という意味《いみ》ですが、これには二種類《しゅるい》あって、当日何時間《とうじつなんじかん》か残《のこ》される場合《ばあい》と、お休《やす》みの木曜日《もくようび》に登校《とうこう》を命《めい》じられる場合《ばあい》があります。ニコラたちは、もっぱら後者《こうしゃ》が多《おお》いようです。いずれにしても、罰《ばっ》は受《う》けないに越《こ》したことはありません。

René Goscinny

ルネ・ゴシニ
略伝《りゃくでん》

小野萬吉《おのまんきち》／訳《やく》

《わたしは、一九二六年《ねん》八月《がつ》十四日《か》、パリに生《う》まれ、その後《あと》すぐに成長《せいちょう》をはじめました。翌日《よくじつ》、八月《がつ》十五日《にち》は、わたしたちは外出《がいしゅつ》しませんでした》

彼《かれ》の家族《かぞく》はアルゼンチンに移住《いじゅう》、彼《かれ》はすべての就学期間《しゅうがくきかん》をブエノスアイレスのフランス語学校《ごがっこう》ですごす。《教室《きょうしつ》では、ほんとうに落《お》ち着《つ》きのない子《こ》どもでした。同時《どうじ》に、むしろよくできる生徒《せいと》でもあったので、退学《たいがく》にはなりませんでした》。彼《かれ》が、キャリアをはじめるのは、ニューヨークにおいてである。

一九五〇年代初《ねんだいはじ》めにフランスに帰国《きこく》、一連《いちれん》の伝説《でんせつ》のヒーローたちを生《う》み出《だ》す。ゴシニは、ジャン＝ジャック・サンペとともに、『プチ・ニコラ』の冒険《ぼうけん》を創案《そうあん》、有名《ゆうめい》な小学生《しょうがくせい》の成功《せいこう》をもたらす子《こ》ども言葉《ことば》を案出《あんしゅつ》する。次《つ》いで、ゴシニは、アルベール・ユデルゾと『アステリックス』を発表《はっぴょう》する。

小柄《こがら》なガリア人《じん》の勝利《しょうり》は、驚《おどろ》くべきものであろう。百七の国語《こくご》と地域言語《ちいきげんご》に翻訳《ほんやく》され、アステリックスの冒険《ぼうけん》は世界《せかい》で最《もっと》も読《よ》まれている作品《さくひん》となっている。多作《たさく》な著者《ちょしゃ》は、このほかに、モリスと西部《せいぶ》劇《げき》ベデ（バンド・デシネ）『ラッキー・ルーク』、タバリーとベデ『イズノグード』、ゴットリブとユーモアベデ『レ・ディンゴドシエ』、その他《ほか》を手《て》がけた。

コミック誌《し》『ピロト』を先頭《せんとう》に、彼《かれ》はベデを大《だい》変革《へんかく》し、ベデを《第九《だいく》の芸術《げいじゅつ》》に格上《かくあ》げした。

ゴシニは映画人《えいがじん》として、ウデルゾとダルゴとともに、スタジオ・イデフィクスを立《た》ち上《あ》げる。彼《かれ》は、アニメーション映画《えいが》の傑作《けっさく》、『アステリックスとクレオパトラ』、『アステリックスの十二の仕《し》事《ごと》』、『デイジータウン』、『バラード・デ・ダルトン』などを世《よ》におくる。その死後《しご》、彼《かれ》の映画作品《えいがさくひん》の全《ぜん》体《たい》に対《たい》しセザール賞《しょう》が与《あた》えられた。


一九七七年《ねん》十一月五日《がついつか》、ルネ・ゴシニは五十一歳《さい》で死《し》んだ。エルジェは、《タンタンは、アステリックスの前《まえ》に頭《こうべ》を垂《た》れる》と、弔意《ちょうい》を述《の》べている。彼《かれ》のヒーローたちは、彼《かれ》より生《い》き延《の》びているし、彼《かれ》が作《つく》り出《だ》した多《おお》くの決《き》まり文句《もんく》が、わたしたちの日常言語《にちじょうげんご》の中《なか》に使《つか》われている。《彼《かれ》の影《かげ》よりも速《はや》く撃《う》つ》、《カリフの代《か》わりにカリフになる》、《小《ち》さいときにその中《なか》に落《お》ちた》、《魔法《まほう》の薬《くすり》を見《み》つける》、《このローマ人《じん》たちは、まともではない》などである……。

《わたしは、この作中人物《さくちゅうじんぶつ》にまったく特別《とくべつ》な愛情《あいじょう》をもっている》と、ゴシニをして言《い》わしめた、ニコラ。天才的《てんさいてき》シナリオ・ライター、ゴシニが作家《さっか》としての力量《りきりょう》と才能《さいのう》を示《しめ》したのは、心《こころ》を打《う》つ天真《てんしん》爛漫《らんまん》さをもち、恐《おそ》るべき悪《わる》ふざけにも興《きょう》じるいたずらっ子《こ》プチ・ニコラの冒険《ぼうけん》を介《かい》してなのである。

Jean-Jacques Sempé

ジャン=ジャック・サンペ 略伝《りゃくでん》

小野萬吉《おのまんきち》／訳《やく》

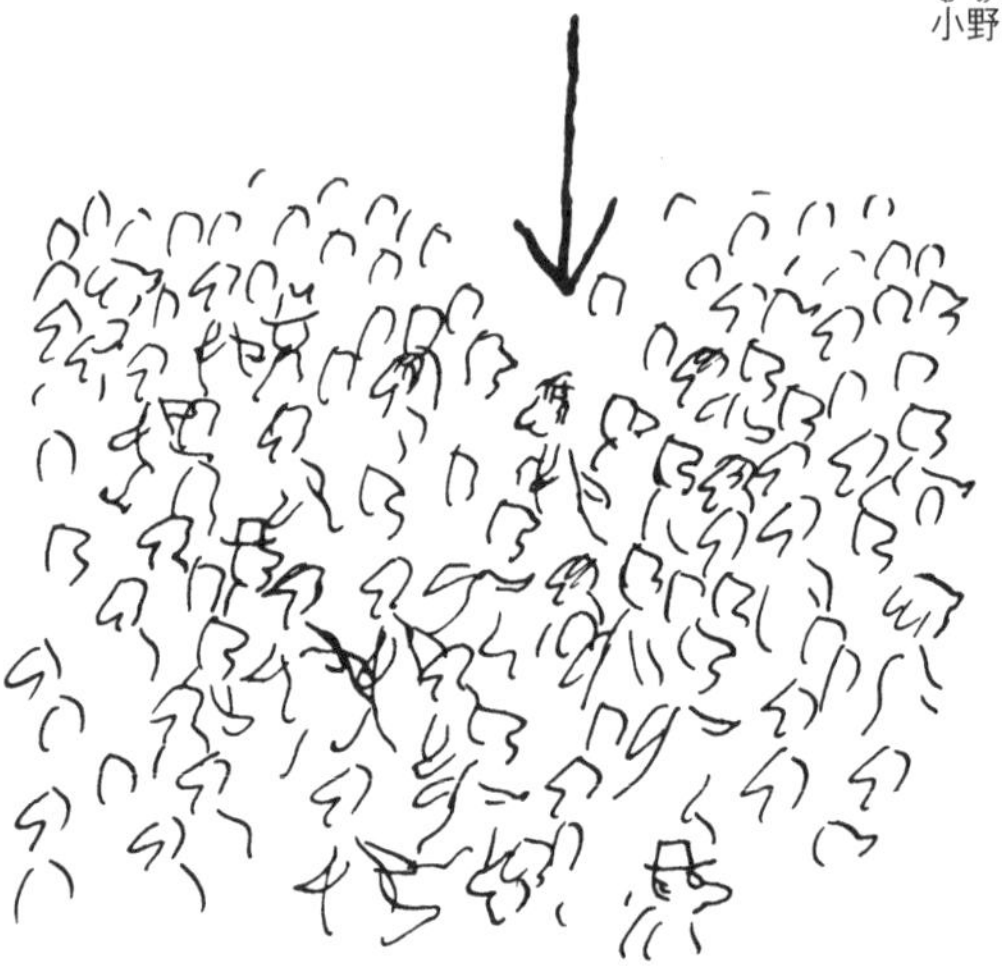

《子《こ》どもだったころ、バラック小屋《ごや》がわたしのたったひとつの楽《たの》しみだった》

サンペは、一九三二年《ねん》八月《がつ》十七日《にち》、ボルドーに生《う》まれた。学業《がくぎょう》、芳《かんば》しからず、ボルドーモダンカレッジを、規律無視《きりつむし》により退学《たいがく》、実社会《じっしゃかい》に飛《と》び出《だ》す。ワインブローカーの雑役《ざつえき》係《がかり》、臨海学校《りんかいがっこう》の補助教員《ほじょきょういん》、事務所《じむしょ》の給仕《きゅうじ》など……。

十八才《さい》で、懲役年齢《ちょうえきねんれい》に達《たっ》する前《まえ》に兵役《へいえき》を志願《しがん》、パリに出《で》る。彼《かれ》は新聞社《しんぶんしゃ》の編集室《へんしゅうしつ》に頻繁《ひんぱん》に出《で》入りして、一九五一年《ねん》、「シュッド・ウエスト」紙《し》に最初《さいしょ》のデッサンを売《う》る。彼《かれ》とゴシニの出会《であ》いは、サンペの《新聞挿《しんぶんさ》し絵画《えが》家《か》》の輝《かがや》かしいキャリアの始《はじ》まりと完全《かんぜん》に符合《ふごう》する。『プチ・ニコラ』とともに、彼《かれ》は、以来《いらい》、われわれの想像《そうぞう》の世界《せかい》を覆《おお》い尽《つ》くす悪童《あくどう》どもの消《しょう》像《ぞう》の忘《わす》れがたいギャラリーを生《い》き生《い》きと描写《びょうしゃ》する。小学生《しょうがくせい》の冒険《ぼうけん》と並行《へいこう》して、彼《かれ》は一九五六年《ねん》、「パリ・マッチ」誌《し》にデビューし、その後《ご》非常《ひじょう》に数多《かずおお》くの雑誌《ざっし》に参加《さんか》する。

彼《かれ》の最初《さいしょ》のデッサン・アルバム・『何《なに》ごとも簡《かん》単《たん》ではない』は、一九六二年《ねん》に上梓《じょうし》される。それ以後《いご》、我々《われわれ》の悪癖《あくへき》と世間《せけん》の悪癖《あくへき》の、やさしくもアイロニカルなヴィジョンをみごとに伝《つた》えるユーモアの傑作《けっさく》が、三十作《さく》ほど続《つづ》くだろう。

マルセラン・カイユー、ラウル・タビュラン、そしてムッシュー・ランベールの生《う》みの親《おや》であり、鋭《するど》い観察眼《かんさつがん》とすべてを笑《わら》いとばす胆力《たんりょく》を併《あわ》せもつサンペは、この数《すう》十年来《ねんらい》、フランスの最《もっと》も偉大《いだい》な漫画家《まんがか》のひとりとなっている。

彼《かれ》個人《こじん》のアルバムの他《ほか》に、パトリック・モディアノの『カトリーヌ・セルティチュード』、あるいは、パトリック・ジュースキントの『ゾマーさんのこと』に挿《さ》し絵《え》を描《か》いている。

サンペは、非常《ひじょう》に有名《ゆうめい》な雑誌《ざっし》「ニューヨーカー」の表紙《ひょうし》を描《か》いた、数少《かずすく》ないフランス人《じん》挿《さ》し絵画家《えがか》のひとりであり、今日《こんにち》でも、「パリ・マッチ」の中《なか》で、多数《たすう》の読者《どくしゃ》の笑《わら》いを誘《さそ》い続《つづ》けている……。

訳者紹介

曽根元吉（そね・もときち）

大阪府生まれ。京都大学文学部仏文科卒業。同志社大学・大谷大学講師、関西日仏学館・明治大学教授などを歴任。訳書に『ウージェニー・グランデ』（バルザック）、『日々の泡』（ボリス・ヴィアン）、『綱渡り芸人』（ジャン・ジュネ）ほか多数がある。1912 ～ 2000 年。

一羽昌子（いちわ・まさこ）

兵庫県生まれ。大阪樟蔭女専卒業。東京日仏学院に学び、ソルボンヌ大学に留学。横浜国立大学講師をつとめる。訳書に『アダム・ミロワール』（ジャン・ジュネ）、『聲』（ジャン・コクトー）などがある。1927 ～ 1995 年。

編集　粂田義秀
校正　株式会社円水社
装丁・本文デザイン　河内沙耶花（mogmog Inc.）

プチ・ニコラシリーズ❷

プチ・ニコラの休み時間

発行日　2020 年 6 月 5 日　初版第 1 刷発行

作者　ルネ・ゴシニ　ジャン＝ジャック・サンペ
訳者　曽根元吉　一羽昌子
発行者　秋山和輝
発行　株式会社世界文化社
〒 102-8187 東京都千代田区九段北 4-2-29
電話　03-3262-5118（編集部）03-3262-5115（販売部）
印刷・製本　中央精版印刷株式会社
DTP 製作　株式会社明昌堂

ISBN978-4-418-20804-3